村上春樹 翻訳ライブラリー

ワールズ・エンド（世界の果て）

ポール・セロー

村上春樹 訳

中央公論新社

目次

ジョイス・ハートマンに

ワールズ・エンド（世界の果て）

ワールズ・エンド（世界の果て）

World's End

　ロバージはいちかばちかの大きな賭けをやっと乗り越えてきたばかりの幸福な男だった。彼は自分の家族――妻と小さな男の子――をつれてアメリカの家を引き払い、ワールズ・エンド（世界の果て）という、名前こそ風変わりだが殆んど注目されることもないロンドンの一角に移り住んだ。一人の知人とていなかったのだが、移住は成功し、彼はそれでいっそう幸せになった。妻のキャシーは変化した。異国の地に放りこまれたことを克服し、新しい生活様式をマスターしたことで、すっかり自信をつけたのだ。自信は外見にもあらわれた。堅くるしいところが消え、ヘア・スタイルが新しくなり、体つきもほっそりとした。そして「私がいなくちゃあなたは駄目なのよ」と夫に納得させたことで、生き方ものびのびとしたものになった。リチャードはまだ六歳なのにアメリカ式に言うと二年生である〔訳注・イギリスでは義務教育は五歳からはじまる〕。もう読み書きができるのだ！　ロバージの会社（海底油田掘削用のドリル設備を供給している）さえもが彼の努力を評価してくれた。会社は仕事の成功はロバージの健闘に負うところが多いとみなしてくれたのだ。

そのようにしてロバージは自分の引越しが正しかったことを証明した。結婚というものはもっとももの静かな人生の分かちあい方であり、夫婦水入らずの生活こそがもっとも個人的な生活――最良の意味での隠れ家――であると彼は考えていた。そしてイギリスには、アメリカではすっかりなおざりにされている家庭的敬意が今なお残っていると思っていた。自分は家族をただ単に移動しただけではなく、救済したのだ。これでもう大丈夫と思ったおかげで若返ったような気がしたが、これもまた喜ばしいことである。年を取ることはべつに気にならなかった。ワールズ・エンドに越してからの四年のあいだに彼の体には肉がついて、太った少年がやるような、よたよた歩きに似た奇妙な横歩きの真似をするようになった。それは冗談だった。彼はもうそろそろ四十だったが、知りあいのいないこの国では笑いものにされたりする心配もなく冗談を楽しむことができる。

雨の中を帰宅するのが何にも増して好きだった。ワールズ・エンドの家は避難所だった。暗闇を外に閉め出すようなつもりでドアを閉め、自分の家が無事であることを嗅ぎとることができた。黄色い街灯が窓じゅうに模様のようにはりついた水滴を照らしだし、外の雨音も聞こえた。空から降ってくる雨粒は樹々からたれるしずくのように不規則だが、ロンドンではそれは雨が一晩降りつづくというしるしなのだ。彼は今夜オランダから戻ってきたわけだが、それはアバディーン〔訳注・スコットランド北東部、北海にのぞむ港市〕に送り届けるドリルの刃がオランダ支社で作られていたからだった。

キャシーの目を覚ますことなく、彼はアムステルダムからはるばる抱え持ってきた細長い包みを手に、こっそりと階上の息子の部屋まで行った。飛行機の中には収納できる場所がなかったから、ずっと膝の上に載せていた。隣席の男がじっとそれを眺めていたので、彼は言った。「凧ですよ。息子の土産です。オランダ人が極東から輸入していましてね。誰にでも簡単に扱えるということです」男はそれに応えて、自分の息子のために免税店で買った双眼鏡をひっぱりだしてきた。

「リチャードはまだ六歳なんです」とロバージは言った。

子供も大きくなると金がかかりますよ、と相手の男は言った。男のしゃべり方は愛情と誇りに満ちており、ロバージもリチャードがもっと大きくなってもっと高価なプレゼント――スキーやカメラやポケット計算機やラジオ――なんかを喜ぶようになったら自分としてもどんなに嬉しかろうと思った。そうすればリチャードも父が自分をどれほど愛しており、どんなものだって与える用意があるということをわかってくれるだろう。そして彼は隣席の男に対してふと嫉妬の念を覚えた。この男には、大きくなった息子がいて、その息子は父親が買い与えてやれるものを欲しがっているのだ。まだ物事のよくわからない自分の息子は、ものを欲しがるということがなかったし、そのせいで愛情を示したいというロバージの欲求はますます激しく燃えあがるのであった。

家の灯は消えていた。もう真夜中だった。深い闇はトンネルのように陰気で、狭苦しく空虚に感じられた。リチャードの部屋のドアは少し開いていた。ロバージが中に入ると、息子が壁に貼られた恐竜と戦闘機のポスターの下で平和そうに眠っているのが見えた。ロバージは膝をついて子供に口づけし、それからベッドに腰を下ろしてゆっくりとした寝息に耳を傾け、心を喜びで満たした。息が止んだ。カーテンのすきまから射しこむ無情なナイフのような街灯の光の中で、息子がぴくっと動くのが見えた。

「だあれ？」リチャードの言葉ははっきりとしていた。ちゃんと目を覚ましている声だ。

「お父さんだよ」と言ってロバージは息子にキスした。「お土産見るかい？」

ロバージは大仰に包みを振りかざした。ビニールの包みには雨がかかって膜のようになっていた。

「なあに、それ？」とリチャードが訊いた。

凧だよ、とロバージは教えてやった。「さあ、良い子だからもうおやすみ」

「僕たち凧を上げられる？」

「できるとも。風が吹いていてたら公園で凧上げしよう」

「公園じゃそんなに風は吹かないよ。車で行かなくっちゃ」

「どこに行くんだい？」

「凧上げならボックス・ヒルだね」

「そこは風が強いのかい？」

「べらぼうさ《ノット・ハーフ》」と少年は小さな声で言った。

　ロバージは息子がこのように風変わりな英国英語の言いまわしを用いたことが楽しく、ちょっとびっくりしながら自分でもこっそり口にしてみた。息子の反応が彼には嬉しかった。というのはアムステルダムの空港のギフト・ショップでどんな玩具を買うべきなのか迷いに迷い――まるで彼自身が目移りしてどれかひとつを選ぶことができない子供になったみたいに――おかげであやうく飛行機に乗り遅れてしまうところだったのだ。

「じゃ、ボックス・ヒルに行こう」そこまでは長いドライブになるが、翌日はちょうど土曜日だった。週末を子供のために費すのも悪くない。彼は廊下を横切り暗闇の中で服を脱いだ。ダブル・ベッドにもぐりこむと、キャシーが彼の腕に触れ、「お帰りなさい」ともそもそとした声で言った。そして寝がえりをうって大きく息をつき、毛布をぎゅっと上にひっぱりあげた。

「すっかり気に入っちゃったみたいだぜ」とロバージは朝食の席で言った。そしてキャシーに凧の話をしてやった。

「じゃあ、わざわざあの子を起こしたの？　それを渡すために」

キャシーの口調は彼をがっかりさせた。妻が喜んでくれるものと思っていたのだ。

「起きてたんだよ」と彼は言った。「たすけを求めるような声が聞こえたんだ。きっと悪い夢でも見てたんだろう。だから見に行ってみたんだよ」彼は嘘をついて、真夜中に眠っている子供にキスしたいという衝動的な想いからそうしたことを隠した。「凧があるようなら、今日凧上げに連れていこうと思うんだけど」

「どうぞ」とキャシーは言った。平板で、焦点を欠いて、彼のことなど眼中にないような口ぶりだった。

「どうかしたのかい？」

べつに、と彼女は言ってテーブルから立ち上がった。そういう風にぶっきらぼうに振舞うのは、退屈だしもっと別の話をしたいというこつもの意思表示である。それでもロバージは、彼女はなんて魅力的なんだろうと感じ入った。これといって目立った努力をすることもなしに、若い娘たちがうらやみそうな輝きを身につけている。やせて、胸はやわらかくもったりとして、ジーンズに軽いかんじの上等なブラウスを着こんでいる。

「僕がしょっちゅう旅行することで腹を立ててるのかい？」とロバージが訊いた。

「あなたは一所懸命仕事をしているんだし、べつに謝ることないわよ」と彼女は言った。「それについて私が愚痴ったことあるかしら？」

「ロンドンに住めて幸運だった。アバディーンにいる他の連中のこと思ってみなよ。アバディーンなんてごめんだろ？」

「そういう押しつけがましい言い方しないでくれる。私、アバディーンになんて行きませんからね」

「だって実際、アバディーン駐在になってたかもしれないんだぜ」と彼は刑が執行猶予ですんだ男のように、実感をこめた大きな声で言った。

「あなたがきっと一人でいくことになったでしょうね」からかってるんだろう、とロバージは思った。冗談が出てくりゃ大丈夫だ。ロンドン生活は全て快調なり、と。

「君はこちらに来ることを渋ったけど、来たら来たでうまくやってるじゃないか？」と彼は言った。

キャシーはそれには答えず、テーブルを片づけ、リチャードの朝食の用意をした。

「そうじゃないのか？」と彼はからかうように繰り返した。

「そうよ！」と彼女は頬を紅潮させ、びっくりするくらい激しい口調で言った。それから泣き崩れた。「さあ、これで満足がいった？」と彼女はどもりながら言った。

彼女の爆発でうしろめたくなったロバージは（俺、何かまずいこと言ったっけ？）妻のそばに寄ってなだめようとした。しかし彼女はさっと顔を背けた。リチャードががさごそと爪をひきずって階段を下りてくる足音が聞こえた。キャシーはあわててキッチンにひっこんだが、そのすすり泣きの声がリチャードの耳に届かなかったことで、彼はほっとした。

キングズ・ロードでキャシーを下ろし、リチャードを後部席に乗せたままロンドンを出て、ボックス・ヒルに向かった。そのときになって、彼はキャシーに行き先を言って来なかったことに気づいた。妻は泣きやんでからも意固地なくらい無口になり、行く先を訊ねもしなかった。五月ももう後半になり、エプソムを通り過ぎてしまうと、松林のかげにイトシャジンがびっしりと繁茂しているのが見えた。ブナの木には青々とした若葉が茂り、耕作地のへりでは丈の高いシャクが花の重みでしなだれかかっていた。

「ここにはカモメがいるよ」とリチャードが言った。

ロバージは微笑んだ。カモメなんていない。松の防風林で仕切られた、耕されたばかりの畑があり、数羽のカラスが木から木へと飛びまわってカアカア啼いているだけだ。

「黒いのはカラスさ」

「でもカモメは白いよ」とリチャードは言った。「カモメたちはトラクターのうしろについて、掘りおこされた虫を食べるんだ」

「お利口だね。でもカモメはね――」

「ほら、あそこにいるよ」とリチャードは言った。

子供の言うとおりだ。畑の端でトラククーが向きを変え、そのすぐうしろで空を舞い餌めがけて舞い下りているのは――そう、カモメだった。

二人はバーフォード・ブリッジ・ホテルの近くに車を停めた。上の方には長い傷あとのような露出したチョーク〔訳注・イングランド南東岸などの上部白亜系の石灰岩の層〕――ごっそりと浸食されてといのような形になっている――や、そのわきの切り立った緑の丘が見えた。丘の崖っぷちから上は草の茂ったなだらかな斜面で、その先は森になっていた。

「車に気をつけてね」とリチャードは父親に注意した。二人は駐車場の近くの道路で立ちどまった。オートバイが一台速いスピードで通りすぎてしまうと、子供は父親の手を引いて道路を渡った。彼は子供にひっぱられるようにして、丘のふもとにある丸石だらけの場所の左奥まで行った。こっそりと隠されたように、細い小径がそこにあった。まったくの話、子供に導かれてそこまで来たわけだ。それからチョーク断層のわきの道を上って、よりゆるやかな勾配の丘に出た。ここでリチャードは駆けだし、その斜面《スロープ》を一気に走って上った。

「ここで凧上げしようか？」

「いや――あっち」とリチャードは言って、息を切らしながらロバージにはよく見えないところを指さした。「あそこ、風が強いんだ」

そして再び二人は歩きはじめた。子供が先に立ち、ロバージはふうふう言いながらそのあとを歩き、丘の背についた。子供の言ったとおりだった。というのは丘のその一角のいちばん高い場所についたとたんに、ロバージは風をしっかりと感じたからだ。小径は風からさえぎられていたのだが、ここの風は彼の手から凧をもぎとってしまいそうなくらい強かった。こんな場所を探しあてるなんてたいした子供だ、ロバージは誇らしくそう思った。

　ロバージが横木を固定し、撚《よ》り糸をめぐらし、紙の蝶をぎゅっと締めて平らにすると、「すごいや！」とリチャードは興奮して叫んだ。彼はポケットから糸玉を出して、それをしっかりと凧に結びつけた。

「尻尾はどうするの？」とリチャードが言った。

「この凧は簡単なやつだから、尻尾は要らない」

「凧はみんな尻尾が要るよ」とリチャードは言った。「でなきゃ落っこっちゃう」

　確信に充ちた子供の声はロバージを苛立たせた。「そんなことあるもんか」と彼は言って凧を上にかざし、風が彼の手から凧を引くのにまかせた。凧は上に上がり、くるくると回転し、まっすぐ地面に落ちた。これをもう二回繰り返したあとで、このままではそのもろい代物を壊してしまうのではないかと心配になって、ロバージはしゃがみこんで調べてみたが、案の定ほんの少し破れたところがあった。

「壊れちゃったよ！」とリチャードが叫んだ。

「大丈夫だよ、これくらい」

「尻尾が要るんだったら！」と子供は叫んだ。

子供のしつこさはロバージをうんざりさせた。カモメのときと同じように、こうと決めたらその一点ばりなのだ。「尻尾は持ってこなかったよ」とロバージは言った。リチャードは足をぐっと開くようにして、大きな顔に真剣な表情を浮かべて凧をじっとのぞきこんだ。「お父さんのネクタイを尻尾に使えるよ」

「おいおいよく見てごらんよ、お父さんはネクタイなんてしめてないよ」

「じゃ、駄目だ」と子供は言った。ロバージは一瞬、子供が怒りにまかせて足で凧を踏み潰すんじゃないかと思った。彼は地面を蹴り、「尻尾が要るって言ったじゃないか！」と涙ながらに言った。

「他のもの使おうよ。ハンカチなんてどうかな？」

「ううん、ネクタイしか駄目さ。他のものじゃうまくいかないよ」

ロバージはハンカチをひっぱりだして、三つに裂き、それをつなぎあわせ、尻尾がわりの吹流しを一本作った。そしてそれを凧のいちばん下の角に縛りつけ、草の上ですねているリチャードはそのままにして、輪を描くように走り、凧を空に上げた。彼はひっぱったり糸をゆるめたり、ひょいひょいと揺すったりした。ほどなく凧は白くたわんだ糸の上方にしっかりと位置を定めた。リチャードは機嫌をなおして彼のわきに寄り、小さながにまたの脚でぴょんぴょんとはねた。

「たしかに尻尾が大事だったね」とロバージは言った。

「ちょいとやってみていい？」

ちょいとやってみる！　ロバージの口もとはまたゆるんだ。「ちょいとやってみたいのかい？　うん？　できるのかい？」

「できるさ」とリチャードは言った。

ロバージは息子に糸を渡し、彼が背を反らして糸を引き、凧をもっと高く上げるのを見ていた。ロバージは息子を励ました。子供は賞められてもにっこりともせず、かえって真剣な顔をした。そして黙したまま糸を前にやったり後ろにやったりした。

「いいじゃないか」とロバージは言った。「たいしたものだ」

リチャードは糸を頭の上にかざした。そして凧を上にのぼらせたり踊らせたりした。凧がぱたぱたと紙を打った。「尻尾が要るって言ったでしょ」

「そう、その調子だ。うしろにさがると糸がぴんと張るよ」

しかしリチャードはロバージが感心したことには、うしろに退るかわりに糸を糸玉に巻きつけた。凧は上昇しはじめた。ロバージは自分で凧を上げてみたくて仕方なかった。彼はもっと高く上げられるからと言って、子供から凧をとりあげた。彼は凧を更に上昇させ、揺らせながら言った。「君はお利口だな。お父さんはここに来ようなんて思いもつかなかったよ。それに凧上げも上手だ。今度はもっと大きいやつを買ってあげよう。それも紙じゃなくて、ビニールのやつだ。何百メートルも上に行くよ」

「それ、法律で禁止されてるよ」

「まさか」

「本当だよ。逮捕されることもある。飛行機事故につながるから駄目なの、イギリスじゃね」と子供は言った。

ロバージはさっと糸を横に払うような格好をつづけながら、凧を上にひっぱりあげたり急降下させたりしていた。「誰がそんなこと言った?」

「おじさんが教えてくれたよ」

ロバージは鼻で笑った。「どこのおじさんだよ?」

「お母さんのお友だち」

子供が大声でわめいた。糸が切れて、凧は落下していた。凧は丘に激突し、ぐしゃぐしゃになり、変わり果てた姿になるまで風に吹かれていた。どうして気がつかなかったんだ、とロバージは思った。

そのあと、子供の気が鎮まり、壊れた凧が茂みの中に押しこまれてしまってから

（新しい凧を買ってあげるからとロバージは約束した）、ロバージの恐れていたことはリチャードによって裏づけられた。子供は以前ここに来たことがあって、カモメを見て、丘を上って、その男が——男には名前がなく、ただ「お母さんのお友だち」ということだった——ネクタイを外して凧の尻尾にしてくれたのだ。

その男はネクタイをしめていた。その事実からロバージは恋人の姿を勝手に想像した。中年でミドル・クラスで、おそらくは富裕な男だ。手強いライバルで、自分を印象づけようとしており——もちろん英国人だ。男の手がつややかなキャシーのブラウスの中に入っていく光景が目に浮かんだ。俺の知っている男なのだろうか、と彼はいぶかった。でも俺たちには知りあいなんて一人もいないじゃないか？　彼らはこの異国のワールズ・エンドの町で、幸せに孤立して生きてきたのだ。彼は泣きたかった。顔がふたつに割れてそこから哀しみが露出してくるような気分だった。

「僕の隠れ場所見たい？」

子供はロバージに倒木や松の木立ちや切り株を見せた。

「お母さんのお友だちは君と遊んでくれたの？」

「最初のときはね——」

キャシーと男とリチャードはそこに二度来たのだ！　ロバージはこの場所を立ち去

りたかったが、子供はみんなでやったゲームを思いだして、木から木へと走りまわった。

「楽しいピクニックだった?」とロバージは訊ねた。

「べらぼうさ《ノット・ハーフ》」

これはその男の口ぐせなんだ、とロバージは納得した。今ではその文句が憎かった。

「何見てるの、お父さん?」

彼は踏み潰された落葉や、ひっそりとした木立ちや、細い小径をじっと見つめていた。

「なんでもないよ」

リチャードは帰りたがらなかったが、ロバージはもう帰るぞと強く言った。車まで歩くあいだロバージはそんなこと知りたくないと思いつつも、いくつかの質問が口をついて出てくるのを抑えられなかった。

その男の名前は?

「知らないよ、僕」

良い車だったか?

「ブルーだよ」と言って子供は顔を背けた。

「お母さんのお友だちは君にどんなこと話した？」

「忘れた」そしてリチャードは駆けだして丘を下りた。

子供の心が乱されていることがわかった。これ以上追及したら、きっと怯《おび》えてしまうことだろう。ワールズ・エンドに帰る車中、二人はひとこともロをきかなかった。


ロバージはキャシーにどこに行ったとも言わなかった。事実をぶちまけて正面から対決することを避け、そのかわり彼女から目を離さないようにした。言い争いをすることで妻を失いたくなかったのだ。うんざりするような光景――抗議や言い逃がれ――が目に浮かんだ。それともあっさりと頭から認めちまうかもしれないな、とも思った。それじゃもっとひどいことになる。

彼は怒りを相手の男の方に集中した。自分を救うために、そいつを殺したいと思った。その夜、彼は荒々しく試すように、拒否したきゃしてみろと言わんばかりにキャシーを抱いたが、彼女はその乱暴な振舞いに黙って従い、夫が隣に身を横たえてはあはあ息をきらせていると、ようやくロを開いて「もう終わった？」と言った。
二、三日後、妻の愛が自分から奪い去られてしまったのかどうかがどうしても知りたくて、ロバージはキャシーに向かって、仕事でアバディーンに行かなくてはならなくなったと言った。

「いつ帰ってくるの?」

「決まっていない」わざわざやりやすくしてやることはないさ。「電話するよ」

しかし彼女は昨夜の無言の攻撃を受容したのと同じように、それについても文句は言わなかった。全て事もなしって感じじゃないか、とロバージは思った。浮気をしているようにはとても見えない。それに彼が握っている証拠といえば子供の話だけだ。しかし子供は無垢だし、これまで嘘をついたことはなかった。

アバディーンに発つ朝、彼はリチャードの部屋に行った。ドアを閉め、「お父さんのこと好きかい?」と訊ねた。

子供は頭を動かして、じっと彼を見つめた。

「お父さんのことが本当に好きだったら、今から君に頼むことをお母さんに言っちゃ駄目だよ」

「言わないよ」

「お父さんが行っちゃったら、君がお父さんのかわりをしてほしいんだ」

リチャードは重々しい顔をした。

「そうするには、君はすごく注意深くならなくちゃいけない。お母さんが大丈夫だってことをきちんと気をつけて見てなくちゃいけないのさ」

「なんでお母さんが大丈夫じゃなくなるの？」

「お母さんのお友だちはどうも泥棒みたいなんだ」とロバージは言った。

「嘘だよ――そんなことないよ！」

「落ちついて」とロバージは言った。「それをこれから二人でつきとめるんだよ。だからそのおじさんがまた来たらよく見ててほしいんだ」

「でも、どうして？　お父さんはあのおじさんのこと好きじゃないの？」

「お父さんはそのおじさんをよく知らないんだよ――お母さんほどはね。お父さんのかわりにそのおじさんのこと、ちゃんと見張っててくれるかい、君がお父さんになったつもりで？」

「いいよ」

「ちゃんとやってくれたら、素敵なお土産を買ってきてあげるよ」

「お母さんのお友だちも僕にお土産くれたよ」

ロバージは驚いて口がきけなくなってしまった。大声で叫びたかった。子供は父親のそんな様子をうかがっていた。子供の目つきに好奇心と憐れみが混じっていることにロバージは気づいた。

「小さな自動車もらったよ」

「大きな自動車をあげるよ」とロバージはやっとのことで言った。

「あの人、お父さんから何を盗んでるの？」

ロバージはちょっと考えてから「とても大事なもの――」と言ったが、その声はかすれてしまった。それ以上つづけるとすすり泣きに変わってしまいそうだったので、彼は子供の部屋を出た。こんな悲しい気持ちになったのははじめてだった。

階下で、キャシーは彼の耳にキスをした。その音が彼の頭の中で鐘のように鳴り響いた。


彼はアバディーン行きを自分で決め、そこでの適当な仕事を自分でこしらえたのだが、そこにいた三日のあいだ彼は狂気の何たるかを体得した。それは吐き気と哀しみだった。耳が聞こえなくなり、手足ががくがくした。何かをしゃべろうとするときおり舌が膨れあがって窒息してしまいそうな気がした。彼は地区主任に向かって、自分は苦しくて仕方ないのだと言いたかった。自分がどんなに奇妙に見えるかということも承知している、と。しかしどんな風に切り出せばいいのかがわからなかった。そして不思議なことに、その振舞いの子供っぽさ、ぎこちなさにもかかわらず、彼は自分がぐっと老けこんで、体の中で死が進行し、器官の動きが衰弱しているように感じられた。ロンドンに戻ったときは、まるで心臓に黒い焦げ穴があいてしまったような気分だった。

ワールズ・エンドの家はひどくしんとしていたので、戸口に立った彼は、妻が去ってしまったのではないかと不安になった。リチャードを連れて男と一緒に家を出ていったのではないかと。日曜の夕方に戻ってきたのも計画のうちだった。不意をつくためだ。彼はいつもはだいたい月曜日に戻ってくるからだ。台所の灯がついているのを見ても安心できなかった。台所には電話があるからだ。しかし玄関に出てきたキャシーの顔には特別な表情は浮かんではいなかった。

「駅から電話してくれるんじゃなかったの」と彼女は言った。

彼はキスしようとしたが、妻は身を引いた。

「手、濡れてるのよ」

「僕が帰ってきて嬉しいかい？」

「洗いものしてるのよ、今」それから彼女の顔からいかにも退屈そうな表情が消えた。

「あなた、顔がまっ青よ」

「寝てないんだ」彼は質問しようとしたが、頭の中で言葉をうまく組みたてられなかった。そのひとことで全てが明らかになるような簡潔な答えが返ってくるのを彼は恐れていたのだ。「そうよ《イエス》」というひとことが。妻の前に出るとびくびくして、以前にも増して耳が遠くなり、動作がぎこちなくなった。まるで襟首をひっつかまれて暗闇の中に放り込まれた無力な孤児のように。彼は妻に向かって、俺はお前に愛人がいると想像してたんだと言いたかった。しかし喉から手が出るほど聞きたい妻の答えを、自分が信じないであろうことはわかっていた。彼はもう妻を信用していなかったし、子供から話を聞くまでは、信用するつもりもなかった。たまらなく子供に会いたかった。彼は階段を上りはじめた。

「あの子はテレビ見てるわよ」とキャシーは言った。

ロバージがテレビ室に入ると、子供は立ちあがって一歩うしろに退った。暗い部屋の中で、リチャードの顔はテレビの画面の黄緑色に染まっていた。子供は両手をさっと耳にあてた。パジャマの生地の青糸が、まるで塩でもまぶされたようにきらりと光った。ロバージが電灯をつけると、子供がとんできて、ぎゅっと抱きついた。抱きつき方はとても激しかったので、ロバージから子供を抱きしめてやることはできなかった。

「ほら、お土産」とロバージは言って身を振りほどき、部屋の奥に行き、テレビのスイッチを切った。玩具はきらきらとしたプレゼント用の紙で包装され、リボンをかけられていた。彼はリチャードにそれを渡した。リチャードは父親の首に顔をつけた。

「開けてみないのかい？」

子供がこくんと肯《うなず》くのが肩口に感じられた。

「もう寝る時間だよ」とロバージは言った。

「一人でベッドまで行く」と子供は言った。

「一人きりで？」とロバージは言った。「オーケー、じゃ、行きなさい」

リチャードはドアに向かった。

「お土産忘れてるよ！」

リチャードは躊躇した。ロバージはそれを持っていって、子供の腕の中に押しこんでやった。そしてそういえばという口調で「お父さんの留守に何かあったかい？　何か見た？」と優しく訊ねた。

リチャードは首を横に振り、口をぽかんと開けた。

「お母さんのお友だちはどうだった？」ロバージは立っていたので、その質問はまるで紡ぎだした糸にぶら下がった蜘蛛のように子供の頭上に下りていった。

「見なかった」

子供はとても小さく見えた。ロバージは子供の頭上にのしかかるように立っていた。彼は膝をついて息子に訊ねた。「それ、本当かい？」

そしてロバージは、子供にこれまでそんな質問をしたことがなかったことに気づいた。おどすような口調でしゃべったり、子供の目を睨みつけるようにのぞきこんだことも。リチャードはプレゼント用に包装された包みを抱えたままあとずさりした。

距離が少しあいたおかげで、子供は落ちついたようだった。彼はさっきと同じように首を横に振ったが、今度はもっときっぱりしていた。まるでその短時間のあいだにやり方のコツがわかったとでも言わんばかりに。リチャードはほんのちょっとどもりながら――これまでこの子がどもったことなんてあったっけ？――言った。

「本当だよ、お父さん。見なかったよ」

「それ、戦車だよ」とロバージは言った。「電池はもうちゃんと入っている。火花も出るよ」それから彼は膝をついたまま子供ににじり寄り、腕をつかんだ。「そのおじさんを今度見たら、お父さんに教えてくれるね？」

リチャードはじっと見つめた。

「つまり、その人が何か盗んだらね」

ロバージはそのまばたきもしないふたつの瞳の中に、歪んだものの影を認めた。

「教えてくれるかい？　いいね？」

ロバージがもう一度質問を繰り返すと、リチャードは言った。「お母さんにはお友だちなんていない」そのようにしてロバージは、自分が子供を失ってしまったことを知った。

「じゃ、一人でベッドまで行けるところを見せて」と彼は言った。

ロバージの心は慰められなかった。キャシーは既にベッドに入っており、明かりはついているのに横向きになって、まるで眠っているみたいに暗い壁に顔を向けていた。

「俺たち、全然アレやらなくなった」とロバージは言った。

「やったわよ、水曜に」

たしかにそうだ。彼が忘れていたのだ。

「戸じまりはしたから、電灯が消えてるかどうかだけ確かめてきてくれる？」と彼女が言った。

それで彼は部屋から部屋へと電灯を消してまわった。そしてテレビ室の暗闇の中で腰を下ろした。そこで、今はもう鉄でできているように思える家の中で、彼は自分はロンドンにいるのだとあらためて思いだした。ロンドンのワールズ・エンドに。俺は家族を連れてそこにやってきたのだ。故国から遠く離れているのだと思うと心は沈んだ。暗闇が彼の姿を覆い隠し、その国を覆い隠していた。もし俺が落ちついているように見えるとしたら、それは俺の失ったものが闇の奥に隠されているせいだ。こんなところに来なきゃよかったんだ、と彼は思った。そしてそんな風に思い悩んでいるうちに、子供がたまらなく愛しくなり、忌わしい空想に耽った。空想の中で彼は人食い人種みたいに子供と妻を食べてしまうことで、二人を手もとにひきとめようとしていた。そんな罪深い思いにさいなまれながら、彼は息子の様子を見に階上に行った。

リチャードも暗闇の中にいた。ロバージは子供の熱い頬にキスした。床にきらきらと光る四角いものがあったが、それはアバディーンからの土産だった。手にとってみると、まだ開かれていないことがわかった。

彼はそれをベッドの上のリチャードの横に置いたが、バランスをとるために上体をかがめたとき、布団の中にある何かを手で押さえてしまった。細長い平らなもので、ちくっとする固さが手に伝わってきた。台所にあるはずののこぎり状の刃を持ったパン切りナイフだった。それがシーツの下に押しこまれ、子供のわきにあるのだ。ショックのあまり息を呑みながら、ロバージはナイフを持ち去った。

彼はベッドに入ったものの、体ががたがた震えて、一睡だってできそうになかった。

壁に自分の顔を打ちつけて、血まみれになるまで叩き、鼻をむしりとってしまいたかった。荒々しく、彼は眠りに落ちた。暗闇の中で目覚めたとき、彼は自分を目覚めさせる原因になった物音を頭の中に呼び戻してみた。その音はまだまわりに響いていた。正面の門がかしゃんと音を立てたのだ。泥棒が家に入ろうとしている。ロバージは汗をかきながら、じっと待った。恐怖はどこかに去り、不眠症につきもののまやかしのバイタリティーが全身にしみわたっていった。一時間ほどしてから、自分の聞いた物音はむしろ泥棒が入る音ではなく、出ていくときの音だったんだと彼は判断した。もう遅すぎるし、遠すぎるし、暗すぎる、と彼は思った。それに今では彼にもよくわかっていた。自分たち三人はすっかり損われ失われてしまったのだ。

文壇遊泳術

Algebra

これまでにもロナルドはここを出ていくからなと言って脅したが、そのたびにそれだけはやめてくれと僕は頭を下げた。自分が僕に対して支配力を有していることを彼は知っていた。彼はお世辞を言われると嘲《あざけ》られたように反応し、侮辱を親愛の一型式と見なすようなタイプの男だった。そんな男とまともに話なんてできやしない。賞められるとカリカリして、僕が奴のことをオケツと呼んでもただわははと笑うだけなのだ。たぶん自分が基本的には無価値であることを彼は知っていたのだろう。だからこそ一種やけっぱちの欠点自慢のようなものに走ることになったのだ。彼は自分の性的不能《インポテンス》でさえ自慢した。ロニーがいちばん好きなのは「パラフィーノ」と称する安物ワインを飲んで酔払い、長椅子にどてっと寝そべって、鼻くそをほじくりながら、世間の奴らはみんなアホだと言うことだった。彼との相性が良いとはとても思えないし、もしこんな生活がずっと続いたら僕の頭はまたどうにかなってしまうに違いない。「神様は俺に本当に良くして下さった」と彼は酔払ったときの癖でアメリカ風のアクセントを気取って真似て言った。

「それは瀆神的《とくしん》発言だな」と僕は言った。「冗談でそんなこと言ったら地獄に堕ちるぜ」

「違うね！」と彼はどなった。「本気で言ったら地獄に堕ちるのさ」

はじめて会ったとき、彼はハウレッツという出版社に入社したばかりだった。彼はときどき僕をパーティーにつれていってくれたが、そもそものはじめから、パーティーなんて行こうと思えば一週間毎日だって行けるんだと大きな態度をとっていた。だから会社のかなり上の地位にいるんだろうと思っていたのだが、あとになって他の人々（とくにフィリッパとロジャー）と知りあって、彼が社内ではあまりパッとしない存在であることを知るようになった。僕をつれていくのを恥ずかしがって、たまにしか誘ってくれなかったのはたぶんそのせいだろう。彼は僕に対して、お前は出版関係の自分の友人たちにひきあわせるには知性が足りないし、魅力にも乏しいんだということを言外に匂わせていたし、本物の作家たちのそばには寄せないようにしていた。「これはマイケル・インソール、友人です」と彼はみんなに紹介したが、自分が僕のアパートの部屋に転がり込んでいることなんてひとことも口にしなかった。おかげで僕の気持ちはずいぶん落ち込んだものだった。

それから何もかもががらりと変わってしまった。どうしてそうなったのか今まで深く分析したことはない。こうしてやろうというアイディアが頭に浮かんだわけでもない――正面きって計算ずくでやったことでもないのだ。それはどちらかというと衝動であり（やけっぱちの思いつきと言ってもいいかもしれない）、いちかばちかの賭けだったのだ。あるパーティーで僕は小説家でもあり批評家でもあるサー・チャールズ・ムーンマンと話をしていた。「ところで、君は何の仕事をしておるのですか？」と彼は僕に訊ねた。別のときなら僕は「ロナルド・ブリルと同居してるんです」と言ったかもしれない。でも僕はロニーの奴にうんざりしていたので、「一応作家のはしくれです」と答えてしまった。

「君の著作を拝見したことはあるでしょうか？」とサー・チャールズが訊ねた。

「いいえ」と僕は言った。そりゃそうだ。僕はそのときも今と同じようにクラパム・サウスの地下鉄駅近くのアーケード酒店に勤めていた。ロニーと暮らしているうちに何かが書きたいという気分になっていただけなのだ。

サー・チャールズは僕の慌てふためいた返事が非常に愉快だったらしく、それによって奇妙な事態が生じることになった。彼はリラックスしてべらべらとしゃべり始めたのである。彼は相当な年寄りで、田舎の医者を思わせるような率直な態度と健全さを身につけていた。私は今キングズリイを読んでいるんだが、と彼は両の手のひらで空気をしぼり出しながら言った。彼はその本の内容説明をしてくれたが、それは僕の読んだどんなキングズリイの本とも違っていた。「そこには、君も御承知のとおり、まさに適切な作風《トーン》と、創作と言ってもおかしくないほどの弾力性というものがある——」と彼は言った。僕は肯《うなず》いて、何かひとこと申し添えようとしてみたが、口をはさむ隙はなかった。

このとき、小説家であり旅行家でもあるヴァージニア・バイワードがゆっくりとした歩調でやってきてあいさつをした。

「こちらはミスタ・インソール。作家だよ」とサー・チャールズが言った。「我々はちょうどキングレイクの話をしてたんだ」

キングズリイじゃなくて、キングレイクだったのだ。口をはさまなくて良かった。

「『イオーセン』？　あれを書いたキングレイク？」とミス・バイワードが言った。

「『クリミア侵攻』を書いたキングレイクだよ」とサー・チャールズが答えた。

「二人でゆっくりお話しなさってなさいな」とミス・バイワードは自分の間違いを笑いながら言った。「お目にかかれて何よりでした、ミスタ・インソール」

「良い女《ひと》だよ」とサー・チャールズは言った。「それに彼女の書くルポルタージュは文句なしに素晴らしい」彼は袖をまくって時計を見た。「ああ、いかんいかん。もう八時を回ってる。急がんと、ディナーの約束があってね」

「僕の方も遅刻しそうだな」と僕は言った。「女主人《ホステス》に八つ裂きにされちゃいそうですよ」でもどこかに行くあてなんて実はありはしない。

「まったくうんざりだね、お互い」と彼は言った。「お互いにお呼びがかかっておるとはな。まったくもって残念だ。私としちゃここで君とクリミア戦争についての立ち話をしとった方がいいんだがな」

「まったくですよ！」と僕は言った。それから、他に言うべきことが思いつけなかったので、「僕はあなたの熱烈なファンの一員なんです」と言った。

これはいちかばちかの賭けだった。僕は彼の書いたものなんて一行たりとも読んだことがなかったから、ひやひやぶりが顔に出ていたんじゃないかと思うのだが、サー・チャールズの顔つきからすると気づかれずに済んだらしい。そこにはまじりけのない喜びの色が浮かんでいたからだ。彼はくわえていたパイプを口から離し、火皿に指をつっこんだ。

「嬉しいね、それは」

「お世辞じゃありません」と僕は言った。「あなたの本を読むと、実に心がやすらぐんです。心から引きつけられてしまうんですよ」

「そう言ってもらえると、私としても大変ありがたいよ」

口ぶりからすると彼は本当に喜んでいるみたいだった。それどころか、彼の反応からすると、そんなこと言われたのは生まれてはじめてといった風だった。

「いつか昼飯《ランチ》でも一緒にとりたいものだね」彼はパイプの軸を歯でしっかりと噛み、にっこりと微笑んだ。

「僕のうちで夕食をいかがですか？　お暇な折りにでも」と僕は言った。

するとか高名な小説家にして批評家であるサー・チャールズ・ムーンマンは僕に向かって言った。「たいていの夜、私は暇なんだ」

「来週はいかがでしょう？」

「月曜日か火曜日、あるいは――」

「月曜」と僕は言って住所を教えた。それで決まりだった。彼は例の田舎医者風の気取りのなさで僕の肩をポンとひとつ叩いて行ってしまった。ロナルドがやってきたとき、僕はまだなんだかぼおっとしたままだった。

「何をニヤニヤしてるんだ？」

「今サー・チャールズ・ムーンマンを夕食に招待したところさ」

ロナルドは震えあがった。「冗談じゃない」と彼は言った。「明日の朝彼に電話してキャンセルするからな」

「そんなことしてほしくないね」と僕は声を荒げたので、彼はシーッと言って僕を隅っこの方につれていった。

「いったい彼に何を食べさせるつもりだよ？」

たしかに彼の言うとおりだった。僕は美味いシェパード・パイが作れるし、ロナルドはしばしば僕の作るフランを賞めてくれる。でも正直言って献立のことなんて考えてもいなかった。僕はロナルドにそう言った。

「シェパード・パイだって！」とロナルドが言ったところに、ヴァージニア・バイワードがにじり寄るように僕の方にやってきた。

「こんちは、ミスタ・インソール」と彼女は言った。名前を覚えていてくれたのだ！

「チャールズは行っちゃったのかしら？」

ロナルドは言葉もなかった。

「チャールズはディナー・パーティーの約束があって、そっちに行かなきゃならなかったんです」と僕は言った。「あまり気はすすまない風でしたが」

ミス・バイワードはロナルドの方をじっと見た。

「ミスタ・インソールは作家とお聞きしましたが、あなたは何をしてらっしゃるのかしら?」と彼女は言った。

ロナルドの顔は紫色になった。「僕は無価値な本を売っております」と言って、彼はさっさと行ってしまった。

「私、何かあの人を傷つけるようなこと言ったかしらね」とミス・バイワードは言った。「チャールズがいなくて残念だわ。あの人と一戦交えようと思っていたのに」

「もし月曜お暇だったらディナーにいらっしゃいませんか? チャールズも来るんです」

「あなたのディナー・パーティーに押しかけるみたいじゃない」

「大歓迎ですよ」と僕は言った。「大層なもんじゃないけど、惣菜風のものなら僕の料理の腕はなかなかでしてね」

「本当にお邪魔じゃないんなら――」

「光栄だなあ」と僕は言ったが、そのあとにこうつけ加えないわけにはいかなかった。「僕はあなたの熱烈なファンの一人なんです」と。サー・チャールズに対してはうまく効いた科白《せりふ》だった。それを口にするのはいささか気恥ずかしかった。繰り返すことによって、それが心のこもっていない決まり文句みたいに響いたからだ。しかし僕がもじもじしていたせいで、物事はうまく運んだ。

「あら、本当？」と彼女は言ったが、明らかに気を良くしていた。

「あなたのルポルタージュは文句なしに素晴らしいです」

あとは蛇口をひねるみたいに簡単だった。僕はそれ以上ひとことも口をきかなかった。ただただ彼女の話を聞いているだけでよかった。最後に彼女はこう言った。「お話しできてとても嬉しかったわ。月曜日に会いましょうね」

帰りみちロナルドはずっと無言だった。ケニントン駅かオーヴァル駅に着いたときにはじめて口を開いて「君は作家なのか？」と言った。

ストックウェル駅で僕は「君は編集者なのか？」と言った。

列車がクラパム・コモンに着くと彼は立ちあがって「お前は卑劣な男だ」と言った。そして僕を背後から押しのけ、エスカレーターを駆けあがっていた。

その夜、ロナルドは長椅子で眠り、翌朝には僕の部屋と僕の人生から姿を消していた。

サー・チャールズ・ムーンマンとミス・バイワードの知遇を得ることがこんなに簡単なことだとは僕は思わなかった。新しい用語をひとつ学びさえすればそれで事足りたわけだが、ロナルドはそんな方法を下らないとしりぞけていたか、あるいは知らなかったのだろう。週末にロナルドがいないことで僕はいくぶん落ちこんだけれど、月曜日に招待した客のことを考えるとわくわくした。

でも日曜日になると、僕は客の数のことが気になりはじめた。三人という数はディナー・パーティーにしては少なすぎる。「ええ、こぢんまりとした集まりにしたかったんです」と言い訳してる自分の声が耳もとで聞こえるようだった。そこで僕はミスタ・モンマも招待した。ミスタ・モンマはキプロス人のペンキ屋で、アパートのいちばん上の階に住んでいた。彼は決してミルク瓶を洗おうとしなかったので、ロナルドは彼を「インキー」と呼んだ。不作法者《インコンシダレイト》の略だ。ミスタ・モンマは、私サラダ作るよ、と言った。

月曜日に僕は図書館に行って、サー・チャールズとミス・バイワードの本を借りてきた。僕がそれらをテーブルの上に並べていると、電話のベルが鳴った。僕はまだそのときもなんとなくびくびくしていたのだろう、一瞬それはサー・チャールズかミス・バイワードが都合がつかなくて行けなくなったという断りの連絡をしてきたのだろうと思った。

「マイケル？」

それはタニヤ・モールト、ロナルドが担当をしている作家の一人だった。いや、ロナルドの餌食の一人と言うべきか。というのは彼はこの女性を何年もいいように扱ってきたからだ。彼女はずっと海賊（女海賊）についての本を書いていたのだが、そういう男まさりの女についての本ならきっと売れるよとロナルドは言った。まったくロナルドらしい。彼の担当している他の作家たちはカウボーイ（黒人カウボーイ）やら、ヘア・ドレッサーや家政婦（全員男）やら、ゲイの英雄やら、歴史に残る猫なんかについての本を書いていた。タニヤは彼に章ごとに原稿を送りつつ、そのかたわらペンネームで婦人雑誌に短編を書くことでなんとか糊口《ここう》をしのいでいた。ロナルドは彼女に対して親分気取りで、しかも意地が悪かった。彼は僕をタニヤに近づけないようにする一方、彼女に対してはネチネチとあたっていた。

ロナルドはもうここにはいないよ、と僕はタニヤに言った。その話は彼女には初耳で、それであきらかにがっくりとしたみたいだった。書きあげたばかりの新しい章についてロナルドは彼女に連絡ひとつしていなかったのだ。

「ねえ、タニヤ」と僕は言った。僕は彼女をファースト・ネームで呼んだのはそれがはじめてだった。「今夜うちに来ない？　二、三人の友人がディナーに来るんだけど」

彼女は躊躇した。彼女が何を考えていたのかは僕にもわかる。当然と言えば、まあ当然だ。

「サー・チャールズ・ムーンマンとヴァージニア・バイワードなんだけど」と僕は言った。

「ちょっと、マイケル、それ本当？」

「そして上の部屋のミスタ・モンマ」

「その人には会ったわ」と彼女は言った。「でも私、そんなちゃんとした服持ってないし」

「ぜんぜんくだけた格好でいいんだよ。サー・チャールズはおそらく時代物のカーディガンを着てくるだろうし、ヴァージニアは着古したチュニックでも着てくるんじゃないかと思うよ」

じゃあうかがうことにするわ、と彼女は言った。

七時にミスタ・モンマがぷっくりと膨んだブルーのジャンプ・スーツに身を包み、レタスと玉葱とドレッシングをどっさりと入れたビニール袋を手に戸口に姿を現わした。

「私がパーティー好きだってよくわかったねえ」と彼は言った。そしてポケットの膨みのひとつを取りだしたが、それはアヴォカドだった。彼は歯が大きくて、そのひとつは欠けており、首には金の十字架のついた鎖をかけている。そして汗と石鹸の匂いがした。彼はくんくんと匂いを嗅いだ。「料理してるとこね」彼はビニール袋をどさっとテーブルの上に置いた。「サラダ。私の母さん《マダー》みたいにパリパリのサラダ作ったげるよ」

こんなに幸せそうなミスタ・モンマを見たのははじめてだった。彼は台所から僕を追いだし、欠けた歯のあいだからひゅうひゅうと口笛を吹きながらせっせと刻んだりすりおろしたりしていた。

タニヤはハンガリー・リースリングの瓶を手に八時ちょうどに到着した。「もうどきどきしちゃって」と彼女が言ったので、僕ははじめて自分が冷静そのものであることに気づいた。ベルが再び鳴った。

「あら、どうしよう」とミスタ・モンマが悲鳴をあげた。タニヤは台所の中をのぞきこんで、にっこりと笑った。

「母さん《マダー》みたくやるからね」とミスタ・モンマは言った。

サー・チャールズを踊り場に迎えたとき、彼ははあはあと息を切らせていた。

「階段のことはお断りしておくべきでしたね」と僕は言った。

しかし彼が息を切らせていたおかげで、僕の方は大助かりだった。彼はまるで長時間追いまわされた末にとうとう追いつめられた人のようにぜいぜいとあえいでいて、タニヤを紹介されたときもにっこりしてやっとの思いで礼を言うくらいしかできなかったからだ。彼は椅子をみつけてそこにどさっと腰を下ろし、ため息をついた。

「ワイン、いかがです?」と僕は訊いた。

「いいね」

僕は彼のグラスにモンラッシェを注ぎ、その由来を講釈し(でもそれをアーケード酒店の従業員割引で手に入れたことは黙っていた)、あとはタニヤにまかせた。

「――あまり一般には知られていないんですが、ずいぶんたくさん例があるんです」とタニヤが話していた。女海賊の話が始まったわけだ。サー・チャールズはすっかり話にひきこまれていた。

「ねえねえ」とヴァージニア・バイワードは言った。彼女は到着すると部屋の中をさっと見まわし、自分の本が二冊あったことですっかりリラックスした。

「クラパムに来るのは、生まれてこのかた今日が二度目なのよ。最初のときのことは口にしたくもないわ。私、その日とんでもないドジやっちゃったのよ!」彼女はサー・チャールズに向かって話していた。「戦争中のことだけど」

「君の伝記作者に聞かせてやりたいね」とサー・チャールズは言った。

僕らはみんな笑った。でもそのとき考えたのだけれど——そしてその夜のあいだずっと考えていたのだけれど——今こうしている僕は彼らの生活の一部であり、彼らが僕と過している時間は意味深く大事なものなのだ。大作家一人ひとりの中には死後出版される本——欠くべからざる確かな伝記——が一冊詰まっているように思える。作家たちは「これは後世に伝えるべし」といった感じのぴしりとしたものを身につけている。たとえば、こういうのがその本の一ページである。

たとえば——ミス・バイワードが坐っている僕の長椅子、サー・チャールズのパイプ煙草がこんもりと積みあげられてくすぶっているベナレス製真鍮の僕の灰皿、ロナルドのつけた傷がまだひとつ残っている折りたたみ式《ゲート・レッグド》の僕のテーブル、ブロケードのクッションが載った僕の足載せ台、僕のクリスタルの砂糖壺、ミス・バイワードが手にしているワイン・グラス、タニヤの抱きかかえているピロウ、僕の籠細工の果物入れ、僕——といったようなものがだ。

僕はちょっと失礼と言って台所に行った。ミスタ・モンマはサラダの最後の仕上げをしているところだった。彼は乱切りにしたレタスを小高く盛って、そこにオリーヴとピメントとドレッシングをふりかけた。

「素敵でしょ？」

こりゃ凄いや、と僕は言った。

「女の子のオッパイそっくりでしょ?」と彼は言って、手でノブを回す真似をした。

居間《パーラー》ではみんな会話に熱中していた。それは三人ともが認めている作家についての話らしく、ひとつの名が何度も繰り返された(マレー? ギルバート・マレー?)。僕はテーブルの脚をなおすふりをしてその会話の骨子をつかもうとしたが、すぐにそれが金《マネー》についての話であることが判明した(いつかどこかでこう言っている自分の声が耳もとで聞こえそうだった。「僕はてっきり三人ともが認めている作家についての話かと思ったんだけれど……」)。

「まあ、よくやってる人も中にはいるよねえ」とサー・チャールズは言った。「私にはとても真似できんがね。それはそうとマイケル、このワインは最高だよ。君がワイン・セラーを持っておるとは知らなかったぞ」

「屋根裏部屋だって持っていますよ」と僕は言った。

「まあ、この人可愛いこと言うじゃない!」とヴァージニアは言った。

ミスタ・モンマがサラダを手にやってきた。

「ブラヴォー」とヴァージニアが言った。そしてミスタ・モンマのアクセントを耳にとめて、御出身はどちらと訊ねた。キプロスと彼が答えると、ヴァージニアはどこの村なのと訊ね、サー・チャールズはリマソルのホテルについての長い話を、達者な語り口で始めた。食事のあいだ我々はロレンス・ダレルについて親しく語りあい、僕自身ちょくちょくと口をはさみさえした。ミスタ・モンマを加えたのはまったくのヒットであったことがわかった。

「ところでこのキプロス出身の我らが友は、ロンドンで何してらっしゃるの？」とヴァージニアが質問した。

「私、ペンキ屋《ペインター》です」

ミスタ・モンマはこのペインターという言葉を詳しく説明する適当な英語を知らなかった。それでみんなはすぐに彼のことを、そのへんのただのペンキ屋なんかではなく、圧政に苦しんで亡命した画家《ペインター》だと思いこんでしまった。我々は地中海の色彩感覚について語り、そのあとでミスタ・モンマが階上の自分の部屋に行ってキプロス音楽のレコードを取ってきた。彼はヴァージニアとそのレコードにあわせて踊り、「あんたのこと好きだよ」と言った。それから彼は腰を下ろし、ハンカチに顔を埋めてしくしくと泣きはじめた。

「さっきから思ってたんだけど、このワイン・グラス素敵ね」とミスタ・モンマの立てる、押し殺されたようなファオファオファオという音にかぶさるように、ヴァージニアが言った。

「これはセットものなの?」

「単品なんです」と僕は言って、シェパード・パイと一緒に出していたクラレットをそのグラスに注いだ。

サー・チャールズが「そろそろ失礼せんと」と切りだしたので、僕はほっとした。というのは、それを合図にクリュッグを開けるつもりだったし、それは見事にうまくいったからだ。それからサー・チャールズとヴァージニアは二人でタクシーに相乗りしてハムステッドまで行き、タニヤは(ロナルドについて冗談を言ってからかいながら)こんな楽しい思いをしたのははじめてよ、と言った。タニヤの言葉を聞いて、ミスタ・モンマは僕の体に腕をまわした。踊りのせいで彼の体はムッと臭っていた。

「駄目」と僕は言って、彼を出口に連れていった。「良い気分のままおひらきにしようよ」

僕は一人で眠ったが、べつに淋しくはなかった。その夜は大成功だったのだ。サー・チャールズもヴァージニアも礼状をくれた。どちらも簡単な手紙だったが、僕はこちらこそ楽しい思いをさせてもらいましたという返事を出しておいた。

あとになって、僕は不思議に思ったものだ。どうして彼らはうちになんか来る気になったのだろうと。そしてこういう結論を下した。つまり、それは彼らの特殊な地位のせいなのだ。彼らは大物だから多忙に違いないと思って、みんな遠慮して招待したりしないのだ。そして大抵の人々は彼らはお世辞なんてもう聞き飽きているだろうと考えている。でも僕のお上手と、僕の出す夕食と、従業員割引のワインがしっかり威力を発揮するのである。

僕はその夕食会を成功させるべく懸命に努力したし、ミスタ・モンマは思いがけない当たりだった。そして僕が彼らに何を求めたか？　何も求めなかった——僕が求めたのは彼らがうちの客となってくれることだけだった。

僕は自分は作家であると彼らに言った。僕がそう言ったものだから、誰もそれを話題にしようとはしなかった。僕も彼らの仲間なのだ。それに良き主人《ホスト》の頭は場の切り盛りでいっぱいになっているものである。何か水を向けるときの他はでしゃばらないのが美徳というわけだ。主人《ホスト》は自分からしゃべりまくるものではなく、料理を運んだりグラスに酒を注いだりするものなのだ。そんなわけで結局、彼らは僕については殆んど何も知らないまま終わってしまった。彼らはお互い同士で話していたわけだ。

ミス・バイワードが楽しかったと言ったのは本心で、その証拠に彼女は数週間あとに、ハムステッドにある自分の小さなアパートにお酒を飲みにこないかと僕を招待してくれた。彼女のアパートを見たとき、僕は自分の中の何が彼女をそんなに感心させたのか一目で理解することができた。彼女はどうしようもなく不精な人だったのだ。でも彼女が僕のことを「マイケル・インソール、作家」として紹介してくれたとき、僕は嬉しかった。そこには他に六人の客がいたが、みんな作家で、みんな名前を聞くとああそうかと思いあたるような人ばかりだった。でも席順のせいで、僕は詩人のウィバートとしか話ができなかった。彼はバーミンガムで詩の朗読会をしたときのすごく愉快な話をしてくれた。最後はこうだった、「報酬はびっくりするくらい安くてね、あの人たちって金を渡すときにみんな謝るんですよ」。

ヘンリー・ウィバートは背の高い若者で、既に髪が薄くなりはじめ、かすかに地方訛りがあった。爪を噛む癖があったが、彼に限ってはその癖が気にならなかった。ソックスが下がって靴の中にもぐりこんでいて、白いくるぶしが見えた。挫折を愛する詩人の性向が体ぜんたいににじみ出ていた。詩は書かないんだと僕が言うと、彼はそれを遠まわしな批判として受けとったようだった。まるで僕が優越した立場に立とうとしているみたいに。こちらとしては「実のところ詩どころか何にも書いちゃいないんです」と打ちあけてしまいたいくらいのものだった。

「ちょっと批評の真似ごとみたいなこともやってます」と彼はどことなく身がまえる

ように言った。「切羽詰まったら、いつでも田舎に帰って教師になれるし」彼は指を口の中にねじこんで吸った。「あなたはきっと高額所得税のクラスなんでしょ?」

「とんでもない」と僕は言った。「生活に汲々《きゅうきゅう》としてますよ」

とたんに彼の様子はうちとけたものになった。貧乏文士という共通項が二人のあいだに見つかったわけだ。

「僕なんかもうその日暮らしだね」と彼は言った。

僕は言った。「先日、サー・チャールズ・ムーンマンと話していたときも、ちょうどそのことが話題になりましてね」

「あの人なんか、僕みたいな悩みとは無縁でしょ」とウィバートは言ったが、僕がサー・チャールズの名を口にすると、ウィバートはまじまじと僕の顔を見た。まるで高い窓から下の興味深い風景を見下ろしているような目つきだった。

「意外ですか?」

「あの過大評価されたもったいぶったじいさんが何か生活の苦労をしていると言うんなら、そりゃ意外だね」と彼は言った。

「彼に会ったことは?」

ウィバートは首を振った。

「今度うちに来ませんか？　考え方が変わるかもしれませんよ」

「あの人はたぶん僕を嫌うよ」とウィバートは言った。

「全然」と僕は言った。

「どうしてわかるんだい？」

「何故なら彼はきっとあなたの詩を読んでいるだろうし、読んでいるならきっとあなたの才能を認めているはずだもの」

この一言は効いた。彼は僕の手の甲にボールペンで自分の電話番号を書いたが、そうするためには彼は僕の手を握らねばならなかったし、それは他の客の目には感銘的にうつったようであった。

僕がケープをとって頂けますでしょうかと言うと、「あら、もうお帰り？」とミス・バイワードが訊いた。

「ディナーの約束があるんです。残念ながら。僕としちゃここでこうしておしゃべりをしていた方がずっといいんですけれど。とにかく楽しかったですよ」

彼女は僕を解放してくれたが、そのあとで、彼女はうちに来たときそれと同じ科白を言ったような気がするなあ、とふと思った。帰りのバスの中で、客になるよりは客を迎えている方がずっと楽しいや、と僕は思った。

帰宅すると僕は四回失敗して五回めにやっとサー・チャールズあての手紙をタイプし終えた。そしてそれを手書きで書きなおした――というのは同じ手紙ならその方が親密な感じが出るだろうと思ったのだ。先方も気に入ってくれるに違いない。その手紙の中で僕はウィバートのことを書き、彼があなたにとても会いたがっているのだが、機会をもうけては頂けまいかと書いた。

サー・チャールズからの返事は王立文学協会への招待状というかたちで届いた。シリル・クラウダーの『ヒュー・ウォルポールが我々に遺《のこ》したもの』という講演の彼の招待客として僕の名が記されていた。返事の必要はなかったのだが、協会の事務局あてに喜んでうかがわせて頂きますという簡単な手紙を書いて出した。サー・チャールズにも同じものを出した。当日僕はそわそわしてすごく早く会場に着いてしまい、そこで見かけた唯一の人物――テーブルの上をあれこれいじっていた小柄な老婦人――とおしゃべりをした。僕はすんでのところで彼女に「サー・チャールズを紹介しますよ」と言いだすところだったが、その前に彼女は自分は実はお茶くみなのだと打ちあけてくれた。

「私があなただったらクリーム・パンを今のうちにとりますわ。あれがまっ先になくなっちゃうんですもの」

講演の始まるちょっと前に、部屋は人々でいっぱいになり、その中にはサー・チャールズの姿も見えた。サー・チャールズが僕にひきあわせてくれた一人の男は、ええ、あなたの御作品はよく存じあげておりますと言ったので、僕は思わず赤面してしまった。サー・チャールズは喜んだし、僕も喜んだけれど、僕はすぐに部屋の隅の方にひっこんだ。そこでは一群の人々が、明らかに座の注目を一身に集めている一人の男と会話をまじえていた。僕はまっすぐこの男のところに行き、何もしゃべらず、まわりの人々の発言にじっと耳を傾けていた。その男は僕に向かって何度となく微笑みかけた。

「彼のジェームズとの交遊は影響を与えたと思うね」と誰かが言った。「それはとても大きな影響だったろうな」

「強い影響」とその人物は言って、僕に微笑みかけた。

僕は恐怖をぐっと呑みこんでから、「深い影響」と言った。

「そう、それだ」とその人物は言って、目でありがとうと僕に合図した。

「こちらへどうぞ、シリル」と一人の女が言った。「そろそろ出番ですよ」

この男がシリル・クラウダーだったのだ！　しかし彼はわざわざ僕に向かって「失礼するよ、仕事を済ませなくちゃならんので。できたらあとでまたお会いしましょう。

階下《した》のロッジで一杯飲めるから」と声をかけてくれた。

キプロス・シェリー、赤インクのような色あいのハンガリア・ブルズ・ブラッド、セミスウィートのスペイン製白ワイン、そして混血児のようなコルシカのロゼ。


シリル・クラウダー、サー・チャールズとバーバラの夫妻、ヴァージニア・バイワード、ウィバートを招いたディナーは、僕にとっては忘れがたいもののひとつである。ディナーのあとでそれにタニヤとミスタ・モンマが加わり（椅子が六脚しかなかったのだ）、ミスタ・モンマはレコードを何枚か持参した。当然僕は彼らの会話には加わらず、ヴィンテージもののミュスカデ・ワイン（一九七一年もの）をグラスに注いでまわり、みんなをほろ酔い気分にさせておいた。夜も更けてから、シリルは僕をわきに連れだした。僕はまた「あの講演は素晴らしかったですよ」と言ったが、彼はそれをさえぎり、「君は王立協会で講演しようと思ったことあるかい？」

「まさかそんな」

「やりたまえよ」

「僕は協会員ですらないんだよ」と僕は言った。

「それならなんとでもなる」と彼は言って部屋の向こう側に向けて大声で叫んだ。

「チャールズ、どうだい、次の委員会の集まりでマイケルを会員に推挙するというのは？　賛成なら『よし！』と言ってくれ」

「よし！」という叫びがソファーから聞こえた。

ミスタ・モンマが「よいしょ！」と言った。

「動議通過」とシリルが言った。「さて、講演のテーマは何にするね？」

「その前にまずこれだ」と僕は言ってポートワイン（一九七二年もの）の栓を開け、ハンカチでこしてから、スクーナー・グラスに三インチばかり注いだ。

「このワインはまさに紳士《ジェントルマン》のようだね」とシリルが言った。

「だからこそ僕はいつも熱心にそれを寝かせるのさ、ね？」

サー・チャールズとバーバラの夫妻が帰ると、ミスタ・モンマはレコードをかけて千鳥足でキプロスの踊りを始めた。ウィバートはタニヤとワルツを踊った。誰かが僕の肩を叩いたので振り返ると、眼鏡を外したシリルがそこに立っていた。「ひとつお相手いただけるかね？」と彼は言って、腕を滑りこませるように僕の腰にまわした。

友達の輪というのは算術である。しかし多くの人はせっかちすぎるか利己的すぎるかで、必要な手順をうまく進めることができないのだ。数なんか問題じゃない！　これにはシニカルな側面もある。ロナルドはよくこう言ったものだ、君は寝たいと思えば誰でも好きな相手と寝ることができるよ――何しろお願いさえすりゃそれでいいのさ、と。そういうのは全く利己的といってもいいだろう。しかし人はいろんな相手と寝てまわっていたとしても、非利己的になることができる。すべてを相手に差しだし、一緒に楽しく過すこと以外の何ものをも相手に求めないことで。「すべてを差しだす」と僕は言ったけれど、本当にちょっとしたこと――あたたかいひとこととか、ささやかなお世辞とかお酒といった程度のこと――で間に合うのだ。

でも僕は大胆である。王立協会に迎え入れられてからほどなく、アネット・フレイムがブランチ・デュボア役を演じた『欲望という名の電車』の公演を見て、彼女にファン・レターを書いた。彼女は返事をくれ、僕もその返事を書いた。我々はだいたい週に一回手紙を交換した。僕のは手紙で、彼女のは葉書だった。それから僕はちょっと思いついたといった風に、彼女をカクテル・パーティーに誘った。日時を打ちあわせ、彼女はやってきた。彼女は最初のうちこそ用心していたが、結局明け方までうちにいた。今や彼女はいちばん親密な友人の一人である。これが算術というものだ。

ときどき僕は自分が自分なりのやり方で、他の誰もが知らなかった何かを発見したのではないかと思うことがある。ヴァージニア・バイワードが大英帝国勲位を受けたとき、彼女がドレスを選ぶのを助け、宮殿まで送ったのはこの僕だった。一年前にはこんなことができるなんてとても信じられなかったろうが、とにかく僕と彼女はハイドパーク・コーナーをぐるりとまわって女王にお目にかかるべく道を急いでいるのだ。ちょっとお酒が入って涙もろくなったとき、ヴァージニアは僕のことをアリスと呼ぶ。でもこんな今の生活は、僕がずっと望んでいた生活だった。それがどれほど簡単なことか、みんなが気づかないことの方が僕には不思議なのである。

かつて僕はこう考えていた。あの人たちは格別な好意をもって、僕の虚栄心にこたえるべく多忙なスケジュールを割いて我が家の客になってくれるのだと。しかしそのうちに彼らの生活の空虚さがわかってきた。「人間のなりをした相手となら誰とだってランチをともにするよ」と一度ウィバートが言ったことがあるが、これくらい淋しい言葉は耳にしたことがない。だから僕がいなかったら、彼らは一人惨めに本を書き、一人惨めに暮らしていることだろう。今では僕にもそれははっきりとわかる。お互いを招待しあうには彼らはプライドが高すぎるし、想像力が不足しているのだ。

彼らは僕をあるがままに扱ってくれる。僕は彼らに脅威を与えるような真似はしないし、それどころか彼らの生活にいくばくかの喜びを与えているはずである。ミスタ・モンマに対しても、サー・チャールズに対しても同じように。唯一具合悪いのは夜も更けた頃になって誰かが感謝の念の発露として僕の最新作について何か聞かせてくれと言い張ったりすることである。ひどいことになっていてね、と僕は言う、壁につきあたっていて、ここのところずっと一語も書いてないんだ、と。そしてみんなはそれを受け入れる。僕が話題を変えて新しいワインの栓を開けると、みんなの顔は少しホッとしたようにさえ見える。

（訳者からのメッセージ）

セロー氏は彼自身の発言によればいささか英国文壇とつきあいがあるということであり、とすればこの作品の背景はかなり正確な英国文壇カリカチュアと解していいのかもしれない。ちなみにミス・バイワードとサー・チャールズ・ムーンマンはセローの他の作品にもちょこちょこと出演している。

サーカスと戦争

After The War

ディーリアはベッドに横になって、耳を澄ませ、大騒ぎの中からフランス語を聞きとっていた。階下《した》ではラモー氏が怒鳴っている。「早くしろ！　俺はもう用意できてるぞ！」ハンドバッグが見つからないのよとラモー夫人は言い返していた。トニーという名の悪童は乱暴に壁を蹴とばし、アン・マリーはよそ行きの靴が見つからない、見つからないと五回くらい繰り返し、泣きだしていた。ラモー氏は行動方針を通告した。自分はこれから外に出て車のエンジンをスタートさせる。もしお前たちが来ないのなら、一人で行ってしまうからな、と。彼はばたんとドアを閉め、車のエンジンをスタートさせた。ラモー夫人は金切り声をあげた。アン・マリーはしくしく泣きながら、「トニーが私のことを豚って呼んだ！」と言った。誰かがぴしゃっと打たれた。たんすのひきだしががたごとと開けられ、閉められた。階段を急いで下りる足音が聞こえた。「待ってよ！」エンジンがうなり、泣き声が止んだ。非難が伝達されたみたいにディーリアの小さな部屋の壁の石がごとごと揺れた。ラモー夫人が悲鳴をあげたが、それはディーリアがかつて耳にしたことがないくらいうるさくて甲高い悲鳴だった。檻の中の獣もかくやという身の毛もよだつ絶望的な怒りの声だ。車の中からラモー氏が怒鳴り返したが、それはまるで密閉された瓶の中で男が怒り狂っているみたいに聞こえた。それからまた何度かばたんとドアの閉まる音——材木が落ちたみたいな音——が聞こえ、ギアがかしゃかしゃとかみあう音が聞こえ、緩むような溶けるようなうなりとともに、車の音がゆっくり遠ざかり、消えていった。彼らは教会に出かけたのだ。

それにつづく、白い蒸気で耳がひんやりと洗われるような心地よい静寂の中で、彼女はシーツを下げて、部屋のカーテンをまばゆく輝かせている陽光を胸に吸いこんだ。彼女は昨夜ここに着いたばかりで、これから一カ月間ラモー家で暮らすことになっていた。彼女の母親の言を借りれば「交換《エクスチェンジ》」である。夏の終わりには、今度はアン・マリーがロンドンの彼女の家に寄宿する。ヴァンスの近くにある田舎のコテージに夜遅くに到着したときディーリアは、ロンドンの生活についてアン・マリーはいったいどんな感想を抱くのかしらと心配になってしまった。ストレタムの二軒つづき家屋、バース・オン・ザ・コモンへのピクニック、味気ない食事——そんなものについてだ。彼女は参るよなあと思いつつベッドに入ったのだが、彼らの騒ぎで目を覚ましてからは逆に、アン・マリーのロンドン滞在を心待ちにするようになった。何故ならそれは即ち自分がここから出ていけることを意味するからだ。

ラモー氏が得意気に教えてくれたことだが、コテージには電気がきていなかった。彼らは井戸から水を汲んで運び、水洗便所《ウォーター・クロゼット》（彼は英語でそう言ったのだ）は庭にあった。そして驚くなかれ、彼はそれを自慢していた。パリでは私が所有しているものは何から何までモダンなんだ。しかしこれはヴァケーションだ。「私たちは移動の民のように生きるんだ」と彼は言った、「年のうちの一カ月はね」そしてロウソクの灯でディーリアを部屋に案内したが、彼はそのロウソクを持ち去ってしまったので、彼女は真っ暗闇の中に置き去りにされることになった。ラモー氏は出ていく前にちょっと立ちどまって、私は娘に火を使うことを許可していないので、君にも我慢してもらうしかなさそうだね、と言っただけだった。

ラモー一家は教会に行ってしまったんだと思うと、とろけるような甘い眠りが彼女の頭の中にするするともぐりこんできた。ディーリアは囲いも何もない黄緑色の草原の夢を見た。草原にはすっぽりと姿を隠せるくらいの丈の草が茂っている。彼女はがらんとした空っぽの家の中でぐっすりと眠ったが、それはほんわりと浮かびあがるような眠りではなく、ぐっと深く潜行した眠りだった。まるで海底の青っぽい貝からの中に横たわっているみたいに、彼女は身動きひとつしなかった。

一階のドアがいきおいよく開いて壁にばたんとぶつかる音で目が覚めた。それから自分の名が呼ばれた。彼らとの対面を避けるわけにはいかない。彼女は眼鏡に手をのばした。


「中には」と昼食の席でラモー氏が言った。彼はテーブルのいちばん離れた席に坐っていたのだが、ディーリアはその視線の重みをひしひしと体の上に感じた。「中には日曜日にレストランに出かける人々もいる。下らん迷信だ。彼らは主の日に料理するべきじゃないと考えている。私はその点では現代的なんだ。しかし言うまでもないことだが、君はここで出されるものを、感謝のしるしとして食べてもらいたい。私の子供たちの食べるところを注意して見るんだよ。この子たちには戦争中の話を聞かせているからね」

彼の唇は濡れて、肉を切る動作にあわせて動いていた。少しのあいだ、彼の注意はこの行為に向けられた。彼は肉の小片をフォークで刺して口に運び、しゃべった。

「奥さん《マダム・ラモー》が英国人は教会に行くことがあるんだろうかって私に訊ねるんで、行くだろう、そりゃ、って答えといたんだけど、意外だったね、行かないって君が言うなんてね――」

彼の肌はぱさぱさとして白く、ライオン使いみたいなごわごわした口髭をはやしていた。彼がナイフとフォークを下に置き、両手を握りしめると、奥さんは食べるのを止めて、彼の皿に料理を盛った。奥さん《マダム・ラモー》の従順な態度を見ていると、ディーリアはこの男のことが怖くなった。そしてアン・マリー（ディーリアがまだ知りあいにもなってない友）はひたすら口を閉ざしていた。その顔は、お父さんについちゃ何も知っちゃいませんからね、と語っていた。たぶん彼女は父親がナイフをぎゅっと握りしめていることなんか見ないふりをしようと決めていたのだろう。母親の方にも娘の方にも、もうひとつわけのわからないところがあった。その朝ディーリアは彼女たちの金切り声を耳にしたわけだが、二人の黙り込んだ顔には金切り声がそぐわないのだ。そして悪ガキのトニーは自分が男の子であるという意識から厚かましく、父親の腕を手で叩いて質問をした。

何かがディーリアの神経をつついていた。みんなの視線が探るように彼女に注がれていた。何だっけ？　質問されてたんだわ。彼女はそれを思いだそうと注意深く耳を傾けた。

「ええ、両親は教会に参ります」と彼女は言った。「でも私は行きません」

「私の子供たちは私のやるようにやるがね」

「それは私の決定にまかされてるんです」

「十五歳という歳は決定には若すぎるだろうが」彼はまるで成人の悪業のことをしゃべっているみたいに、決定という言葉を重々しい口調で口にした。

「お姉ちゃんは十五だよ」と男の袖をひっぱりながらトニーが言った。「お姉ちゃんの方がでかいけど」

　胸のことだわ、とディーリアは思った。アン・マリーの胸は膨らみはじめている――それが子供の言わんとしていることなのだ。ディーリアには自分が不器量であることがわかっていた。眼鏡の奥の瞳は緑でまるで猫みたい――というのはちゃんと承知していたわけだが、自分がどれくらい不器量であるかというのはアン・マリーに会うまでよくわからなかった。ディーリアは一年に二十センチも背が伸びたせいで、その服たるや、それを買った時期によってピチピチすぎるかダブダブすぎるかのどちらかだった。ここに来るときに母親はショート・パンツとサンダルと綿のブラウスを彼女に持たせてくれて、彼女は今それを身につけているわけだが、その服装《なり》はスープとカツレツと油っぽいサラダというこの風変わりな食事には不適当なものであるように感じられた。ラモー家の人々は教会に着ていった服のままだったし、ワインを飲んで

いるラモー氏はグラスを持ちあげる動作を利用して、彼女をじろじろと吟味している
みたいだった。ディーリアは料理に対するショックを顔に出すまい、料理をじろじろ
眺めまわすまいと懸命に気をひきしめてはいたが、それでも彼らが何を考えているか
はわかった。退屈な娘、不細工な娘、イギリス娘。彼らを感心させるような信仰心も
ないし、気楽なおしゃべりもできない――彼女は英語でだっておしゃべりするのはあ
まり好きではないし、ましてやフランス語では質問に答えるのがやっとなのだ。
「君にはたっぷりと楽しんでもらいたい」とラモー氏は言った。「これは原始的な家
だ。あるいは英語で『シンプル』というのかね。楽園というのはシンプルなもんだ
――太陽の光があり、水泳ができて、料理は素晴らしい」
「はい、お料理は素晴らしいです」とディーリアは言った。彼女はそれに何かつけ加
えてもっと長くしゃべりたかったのだけれど、心にもない嘘っぱちの科白《せりふ》を思い浮か
べただけで、彼女の舌はもつれてしまった。
「レタスは新鮮、我が家の庭でとれたのさ」
どうしてアン・マリーはひとことも口をきかないのかしら？
「ええ、すごく新鮮です」
ディーリアは朝のあの非難がましい騒ぎのことを思いだしてびくびくするのをやめ

た。今では彼女はうんざりしていた。何から何までうんざりだ。留保なく、とことん下らない。

「もういい」ラモー氏はグラスのワインを飲み干し、すぐにおかわりを注ごうとする奥さんを制するように手を振った。これから一眠りする、と彼は言った。

「私には休暇なぞないんだ」と彼はディーリアに向かって言った。食事のあいだずっと彼が自分に向かってしゃべっていたことにディーリアは気づいた。これが入会式ってわけね、と彼女は思った。

「明日、私は町に戻り、君たちが遊びまわっているあいだ働くのさ。これは君たちの休日であって、私の休日ではないんだよ」

その後何日かのあいだに、父親がそばにいないときはアン・マリーはずっと溌剌としているんだということが、ディーリアにもわかってきた。彼女はディーリアと英語の練習をし、ローリング・ストーンズのレコードをかけ、お互いの髪型をかえてみせたりした。毎朝モーリスという配達の男の子が別荘にやってきて、バスケットの中からパンを出してラモー家用に置いていった。ディーリアとアン・マリーは村を抜ける小道を行く彼のあとをついていって、彼が振り向くと二人でくすくす笑いあった。そんなアン・マリーの姿は食卓でのそれとはずいぶん違っていたし、母親を見習うようなアン・マリーのそんな従順さを見ていると、ディーリアはますますラモー氏が怖くなってしまうのだった。しかしディーリアのアン・マリーに寄せる同情の念は、彼女が父親に示す敬意に対する不信感と、いくぶんせめぎあうことになった。アン・マリーは父親の話を一切しなかった。

夜になるとラモー氏は娘たちを二階に連れて行き、ロウソクを手に廊下に立ち、二人がベッドに入ってしまうのを待った。そして「お祈り！」とぴしゃっと言って――アン・マリーにとっては命令であり、ディーリアにとっては非難である――灯を持ってどたどたと階段を下りていった。まるで夜の闇に怯《おび》えるかのようにロウソクをぎゅっと握りしめて。

一週間、二週間が過ぎた。そもそもの最初からディーリアは一日一日が過ぎさっていくのを指折り数えていたが、例外的な短いひととき――泳いだりパン配達のモーリスのあとをつけたりレコードを聴いたりするとき――を除けば刻一刻が彼女にはひどく重苦しく感じられた。

朝食のあとでラモー氏は決まってこう言った。「さあ、仕事に行かなくちゃ。私には休暇はなし！」にもかかわらず、いわば直感的に、ディーリアには彼が自分の立場を楽しんでいることがわかった。この別荘で楽しい思いをしている人間なんて、たぶん彼くらいのものだ。ある日曜日に彼は泳いだ。水の中の彼はひどくあらっぽかった。手をばたつかせ、はあはあとあえぎ、口から水を吹きだした。背中にはあちこち毛がかたまってはえていて、そしてそれよりはまばらではあるが同じように変な格好で肩にもはえていた。彼はトニーと二人で波の中でどたばたとっくみあい、それが終わるとラモー夫人は乾いたタオルを手に波打ち際で彼を迎えた。ディーリアはこれほど虫の好かない男に会ったのははじめてだった。お前がいなくて淋しいと二度も手紙を書いてきてくれた自分の父親に対して、彼女はやさしい気持ちになることができた。ラモー氏がアン・マリーに向かってそんなこと言うなんて想像もできやしない。

ある日昼食の席で、トニーが何かをがつがつと食べて喉を詰まらせた。そして横を向いて、カーペットの上にゆっくりと吐いた。ディーリアはフォークを置いて目を閉じ、喉に気持ちの悪いものがこみあげてくるのをこらえた。目を上げると、ラモー氏がぴくりとも動かずにそこにいた。湿った唇と、白っちゃけた顔で、彼は微笑んでいた。

「これしきのささやかな事故で、君はショックを受けてるわけだが」と彼は言った。「私に言わせりゃね、戦争のことを思えばこんなもの、とるに足らんことさ。何でもない。君にはわからんだろうがね」

トニーだけが部屋を出ていって、客間でうんうんとうなっていた。そしてラモー夫人が黄色い雑巾で嘔吐物を片づけているあいだ、みんなは食事を済ませた。

「今日一日君たちが行儀よくしていたらだな」とラモー氏が言った。三週間めの金曜日のことだ。今まで行儀よくしなかったことなんてあるかしら？　びっくりすることがあるかもしれない」彼は警告を与えるように長い曲がった指を上げてこうつけ加えた。「でも、はっきりと決まってるわけじゃないがね」

ディーリアはその男のことはぜんぜん好きではなかったので、そんな発言なんて右から左に忘れてしまった。アン・マリーもそのことには触れなかった。土曜日の昼食のあと、彼が財布から封筒をとりだして四枚の赤い切符を見せたときになってはじめて、ディーリアはその約束を思いだした。

「サーカスの切符だ」と彼は言った。

アン・マリーの方を見ると、彼女はすごいと言わんばかりに息を呑んでいた。トニー坊やはワオッと叫んだ。ラモー夫人はトニーをまじまじと見つめ、いささかの努力を払いつつ、宙に浮かせた両手をかさねあわせた。

ディーリアの胸は激しい不安にうち震えた。頭の中にあらかじめ並べてみた科白が、それを口に出す前からパニックの先ぶれみたいに彼女の胸をどきどきさせていた。彼女は自分のそういう発言がみんなから求められていないことがわかっていた。うまく機会をつかまえなくっちゃ、と彼女は思った。

　彼女はすうっと息を吸いこんでから「あのお」と言った。

「ドイツのサーカスなんだ」とラモー氏は話をつづけた。「大統領の前でも公演したサーカス団ということなんだが、それが今ニースにいるんだ。酋長《シーク》に見せるためにサーカス団まるごとアラビアに飛んで、そこから帰ってきたばかりらしい。ニースには四日間しかいないのさ。私たちは明日見にいくんだ。言うまでもないとは思うが、今日から明日にかけて何かいけないことをしたものは、家で留守番をすることになる」

「あのお」とディーリアはもう一度言った。手の震えをとめるために、彼女はじっと空のグラスを握りしめていた。

　ディーリアのグラスに水を注ぎながら、ラモー氏は話をつづけた。「世界でも他に類を見ないものらしい。あらゆる点で贅沢なんだ。象やら虎やらライオンやら――」

「私、サーカスには行きません」とディーリアは言ったが、そう言った途端に、自分の口にした言葉が無礼きわまりないものであることに気づき、穴があったら入りたい気持ちになった。彼女はおしとやかに言おうとしたのだが、出てきた言葉は不作法きわまりないものだった。この休暇中はじめて、彼女はフランス語をしくじってしまったのだ。

ラモー氏はじっと彼女の顔を見ていた。

「私、サーカスには行けないんです」と彼女は言った。

彼は口髭を押しつけながら「はあん！」と言った。

ラモー夫人の方に目をやると、彼女はナプキンでごしごしと口もとをこすっていた。まるで口そのものを顔から消し去ってしまいたいといった風だった。

ラモー氏もやはりナプキンをぎゅっと握っていた。怒りで体をこわばらせながら、彼はそのナプキンでシャツの胸に落ちたパン屑をぴしゃっと払った。「ということは」と彼は言った。「君は何か悪いことをするつもりでいるのかね？」

「おっしゃってることがわかりません」それぞれの単語は知っていたが、全体のロジックが見つけられなかった。行かないというのが――悪いことをするってことなの？

彼はディーリアの顔をじっとのぞきこむようにして言った。「私はこう言ったんだ。今日から明日にかけていけないことをしたものは家に残す、と」

「いえ、違うんです！」とディーリアは言って、息を詰まらせた。まるで気管に蜘蛛の巣がはったみたいに、喉もとがひきつっていた。彼女はあえぎながら水をひとくち飲んだ。彼女のしゃべり方はまるで絞め殺されかけているみたいでもあり、老女のあえぎのようでもあった。一所懸命声を出そうとしたおかげで目に涙が浮かんだ。

ラモー氏はそのとりすました食卓の一角から、彼女がどたばたと言葉をひきずり出そうとしている様を眺めていた。

「私、行きません、んー」ゆっくりと言葉が出てきた。喉はやっと通じたが、まだそのへんに蜘蛛がぶらさがっていた。

「これについてはまたあとで話しあった方がいいんじゃないかね」

「話しあいたくなんかないです」と彼女はやっとそう言った。「私、サーカスには行かないんです」

「イギリスにはサーカスがないのかな?」

「いいえ」と彼女は言った。言葉はもうしっかりしている。喉もすっきりした。「イギリスにもサーカスはあります。でもすごく若いときに行ったきりです」

ラモー氏は奥さんに向かって「すごく若いときに行ったきりなんだそうだ」と言った。そしてディーリアに向かって「何かその理由はあるのかね?」と言った。

「サーカスって好きじゃないんです」

「でも、君は一度サーカスに行ったことあるって言ったじゃないか? 若いときにさ」彼は相手のあげあしをとったと言わんばかりに微笑を浮かべた。「そのとき楽しくはなかったのかい？」

「でも私、本当に若かったから」と彼女は相手が茶化した言葉に後生大事にしがみつきながら言った。「そういうもののことを何も知らなかったんです」

「イギリス人だね」とラモー氏は言って、また奥さんの方を向いた。

「この決意の固さ、この一途さ。サーカスについていったい何を知らなきゃならんのだ？　サーカスってのはまるっきり楽しむためのものであって、理解すべきことなんて何もないじゃないか。笑いがあって、動物がいて、少々異国的《エキゾティック》で、非日常の趣があるんだ。この子が何を問題にしているのか、お前わかるかね？」

ディーリアが喉を詰まらせたのを、恐怖のためととりちがえたラモー夫人は言った。

「この子は行きたくないんですよ。それならそれでいいじゃありませんか？」

「いいも悪いも、私には理由がわからんのだよ」

これまで習い覚えてきた言葉が頭の中でひとつにまとまった。きちんと筋のとおった理由だ。でもそれはこんな単純なものごとに対するには、あまりにも大仰な言いまわしだったし、もし相手がそれについて言いかえすことができなかったら頭にくるだろうということも彼女にはわかっていた。でも彼女は彼に挑戦するこのチャンスが巡ってきたことが嬉しかったし、もっとうまくフランス語がしゃべれたらなあと残念に思った。というのは彼は彼女の発言に対して何かを言うたびに、その科白を反復することで発音の誤りを訂正しているようにも思えたからだ。

「この子がそれほどたいした理由を持っているとは思えないね。英国人であるということを別にすれば。英国人であるというのは、実にいろんなことの理由になるからね」

「フランス人であることは」――彼の言ったとおりのことをただ反復している限り彼女は安全だった。彼のやり方がディーリアに法則《ルール》を示してくれた。「フランス人であることは実にいろんなことの理由になります」

「私たちはサーカスが好きだよ。これは立派なサーカスだ。王様やら大統領やらの前で公演もしている。君は私たちのことを子供っぽいと言うかもしれんが、しかしだね」と彼は口髭を上から下に指で撫でた。「その王様たちはどうなるんだね？」彼は奥さんに向かっても問いかけた。「その王様たちはどうなるんだね、ん？」

アン・マリーは深く息をついたが、何も言わなかった。トニーはパンで小さな球を作っていた。ラモー夫人は、ディーリアの見たところでは、夫にこんな話はもうやめさせたいと思っていた。

ディーリアは言った。「動物たちが芸をします。みんなは賢い芸だと思います。虎は輪を跳んで抜けます。象が踊ります。犬は後脚で立って歩くし――」

「芸のことならよく知ってるよ」とラモー氏は苛立たしげに言った。「サーカスには何度か行ってるからね」

「サーカスの人たちは動物を虐待しています」

「そんなことあるもんか！」彼は両手をさっと上に上げた。ディーリアは一瞬ぴしゃりと頬を打たれるんじゃないかと思った。

彼の手の動きの中に潜む暴力性が、彼女をもっと先へと駆りたてた。「彼らは動物たちに芸を教えるときに残酷な手を使うんです」

「この子はサーカスになんか行かないって言ってるわりに、いろんなことよく知ってるじゃないか」とラモー氏は言って、両手をテーブルの上に下ろした。

「電気ショックが使われます。彼らは動物に餌を与えず、棒で打ちます」彼女は顔を上げた。ラモー氏の顔には何の表情も浮かんではおらず、両手はテーブルの下に入れられていた。「彼らは動物たちの脚を針金で縛ります。動物たちに苦痛を与えます。動物たちは傷つき怯えるから芸をするんです。彼らは賢そうに見えるけれど、でもそれは恐怖なんです。怯えているから命令に従うんです」

ディーリアはこれで相手の心も動かされたに違いないと思ったのだが、彼はまたにっこりと微笑みを顔に浮かべた。

「君は十五歳だ。アン・マリーが生まれたのと同じ一九六二年に生まれた」

「ええ」

「じゃあ君にはわからんだろう」

「私、この話をサーカスのことをよく知っている人から聞いたんです」

「私はサーカスのことを言ってるわけじゃない。戦争のことを言ってるんだ。君は動物たちに同情しているようだが――」

彼女はこの男の顔に憎しみを抱いた。

「――しかし君は戦争中にドイツ人が我々に何をしたか考えたことあるかね？　たぶん君の言ってることも正しいんだろう。動物たちはときとして虐待される。でも殺されるわけじゃない。殺されたり拷問を受けたりするよりはずっといいじゃないか？」

「拷問を受ける動物だっています。私はそのことを言ってるんです」

しかし彼はおかまいなしに自分の話をつづけた。「もちろんあの時代がユダヤ人にとってひどい時代だったって話はよく聞くけど、でもね、いいかな、私は一九四二年に君と同じ歳だった。私はドイツ兵のことを覚えている。ユダヤ人には彼らなりの体験談があって、この話は誰もが聞かされている。まあたぶん話のとおり、連中も辛い目にあったんだろう。私としては他人の話はできんから、自分の話をするよ。いいかね、私たちは飢えさせられた。私たちは打たれた。私たちの脚は縛られた。そしてときには何日も真っ暗な家の中で過したよ。生きて再び光を目にすることができるのかどうかもわからずにね。そんな折りには、普段ならちょっと考えられない行為に走るものもいるが、でも私は両親に対する敬意というものを学んだ。それが両親にとって辛い恐怖の時代なんだなということがわかったし、私は言われたとおりに従った。彼らは私が知っているより多くのことを知っていたし、あとになって私もそれがどんなに恐ろしい時代であったかということをあらためて知った。それはサーカスなんかじゃない。戦争だったんだよ」

彼は宙に上げた手で話にジェスチュアをつけ、それを演説に仕立ててしまった。しかしそのいかにも大仰な一般論にもかかわらず、この人は私的な思いや特定の痛みについて話しているんだわ、と彼女は感じた。

「落ちついて下さいな、ジャン。あなた、この子にきつくあたりすぎてますよ」とラモー夫人は言った。

「好意でこの子に私の経験したことを聞かせてあげているんだよ」

夫人はそれでも夫の態度を恥じているようで、夫が再び話しはじめると身を縮めた。

「パンのひとかけらが欲しいがためにドイツ軍の将校におべっかをつかっている人たちも見たよ。でも私はショックを受けたりはしなかった。それは私に敬意というものを教えてくれた。君の話ぶりからすると、君はどうも敬意というものについてあまりよくわかっておらんらしいけれどね。ユダヤ人には連中なりの言いぶんもあるだろうが、でもね――あれは私らにとっちゃ本当にひどいことだったんだ。戦争が終わると多くの人はそのことを忘れてしまったけど、私は忘れてない。ひどい目にあったからね」

「私たちサーカスに行かない方がいいんじゃないかしら」とラモー夫人が言った。

「サーカスに行きたくないな、私」とアン・マリーが言った。

トニーが既に抗議の声を上げはじめていた。「僕行くよ！　行くからね！」

「そうとも」とラモー氏は言って息子の肩をやさしくとんと叩いた。「我々はみんなでサーカスに行く。切符の金はもう払ったんだ」

もう何も言うまいとディーリアは決心した。

ラモー夫人は言った。「この子が私と家に残りたいんなら、それでいいじゃありませんか」

「彼女が家に残りたいのなら残ればいいさ。そうすると切符が一枚余ることになるから、お前が一緒にサーカスに行くんだよ、奥さん」

「べつにサーカスに行きたくありませんけれど」

「お前も行くんだ」と彼は簡潔に言った。「我々みんなで行く。我が英国人の客《ゲスト》が、そうなるように仕向けたんだ」

　ラモー夫人はディーリアの方に手をのばしかけたが、思いなおして途中でやめた。

「あなたのためにスープを作っておくわ。カツレツとね」

「カツレツはいらない」とラモー氏は言った。「この子は我々の出す料理をきちんと食べたことがないんだ。どうせ皿に残すだけのことさ」

「あなた、一人でここにいるの怖くない？」と今にも泣きだしそうな声でラモー夫人が言った。

　ディーリアのかわりにラモー氏が返事をした。「怖がるのは動物たちさ！　お前もこの子の言ったこと聞いただろう？　我々がいなくたって、この子は怖がったりはせんよ。かえってすごく幸せかもしれないぞ」

　彼の白い顔は、花の匂いのする淡い夕闇の中では、のっぺりとしたつやのない石板のように見えた。家族をひきつれて今まさにサーカスに出かけようとするときに、彼は玄関の戸口に立ってこう言った。「マッチもロウソクも使っちゃいかん。ひとこと忠告しておくが、明るいうちに食事を済ませてベッドに入ってしまった方がいいと思うね。私らはそう遅くはならん。八時か九時というところだ。明日になったら、君がどんなに素敵なものを見逃したか話して聞かせてあげよう」

彼の話し方は殆んど親切と言ってもいいくらいだった。警告はやさしい慰めのように響いた。彼は静かな声でしゃべり終えた。しかし、この人は身をかがめて私に手を触れるかキスしようとしているんじゃないかと思った途端に、彼はさっと身をひるがえし、ディーリアをたじろがせたまま行ってしまった。彼は車を素速く道路に出した。

ディーリアは光がぶちになった仄暗《ほのぐら》い裏手の台所で食事をした。薄暗い部屋の中では食欲は湧いてこなかったし、その薄暗さは急速に夜の闇へと変化し、彼女を緊張させた。村の教会の鐘が八時を知らせた。ラモー一家はまだ戻ってはこない。九時になると、彼女はだんだん落ちつかなくなってきた。家の中よりは星明りに照らされた外の方がまだ明るい。月はぎざぎざに割れた雲のあいだに腕時計のガラスみたいに光っていた。窓は開け放たれていて、遠くを走る車の音が生垣を抜けて聞こえてきた。庭の木々は――それは暗闇のまやかしなのだけれど――乾いた葉を部屋の中でカサコソと揺らせた。

　私は怯えているのかしら、と彼女は考えた。彼女は唄いはじめたが、そのくっきりとした、調子外れの悲鳴のような声に、自分でもゾッとしてしまった。彼女は家出することをちょっと想像してみた。ラモー氏あてに曖昧な書き置きを残してここをさっさと出ていくのだ。彼が慌てふためく様を想像して、彼女は笑った。電話をかけまわったり、警官が来たり、絶望の淵に沈んだりというところだ。でも家出をするには彼女はまだ小さすぎるか、あるいはもう大きすぎるかだった。彼女は自分があの男に対して自己主張したことで満足していたが、彼女を支えているのは彼に対する憎悪だった。問題はもうサーカスだとか哀れな動物たちとかではなくて、あの男そのものだった。その男の邪悪な心は動物の受ける傷なんかよりもっと重要なのだ。私は屈服しなかった。あの男は私の敵で、私が刃むかったことに対して罰を与えようとしている。あの最後のやさしそうな言葉も、彼女を罰するためのものだった。彼女は教会の鐘の音をもっとよく聞くために戸口の方へ行った。

　真夜中の鐘の音を不安な気持ちでひとつふたつと数え、ひょっとして車がぶつかって大破し、一家全員が死んでしまったんじゃないかと気をもんだ。そしてサーカスのことなんてどこかに吹きとんでしまうくらいの激しい憎しみを、彼に対して抱いている自分を恐れた。戸口に立っているには時刻も遅すぎたので、ディーリアは家の中に戻ったが、そのとき、真っ暗闇の中で待ち惚けさせることによって、彼が自分に罰を与えようと計算したんだということが彼女にもわかった。その罰は彼自身の恐怖から出てきたものだ、と彼女は推測した。あの小心者は、この部屋の漆黒の闇が怖くて仕方ないのだろう。そう思うと、彼女の感じていた恐怖はきれいに消えてしまった。

そんなわけで、車の音は聞かなかった。聞こえたのは小径を歩く彼らの足音と、いくつかの囁き声と、重い扉が軋《きし》む音だった。彼が先頭に立っていた。ラモー夫人はそのわきをさっとすり抜けて、マッチをすってロウソクに火をつけ、その炎をかかげた。彼は息子を抱きかかえていた。

「まだ起きてたのかね?」と彼は言った。そのわざとらしい親切さは嘲《あざけ》りなのだ。

「ほら、この子は私らを待ってたんだよ」

ロウソクの炎は女の震える手の中でかたかたと震えていた。

「次は一緒に行く気になったろう、ん?」

ディーリアは微笑んでいた。もっと近くに来て私が笑っているのをごらんなさいよ。火が暗いんだから、よく見えないでしょ。

彼は答えを求めて、同じ質問を繰り返した。しかし声が大きすぎたので子供が目を覚まし、紛れもない恐怖からわっと泣きだした。そしてだし抜けに背中を弓なりに反らせ、本能的に体をばたつかせ、自分を抱きかかえている男の固い両腕から身をふりほどこうとした。

コルシカ島の冒険

Words Are Deeds

コルテのレストランに入るときに、シェルドリック教授はバーのわきに立っているその女の姿を目にとめた。そのとき彼はこの女をかっさらっていってやろう、そして結婚だってしてやろうじゃないかと心を決めた。メニューを持ってきたので女が実はウェイトレスであったことが判明したとき、誘えば今日すぐにでもホテルまでついてくるだろうという彼の確信はますます強いものになった。イル・ルースの海岸にホテルの部屋が予約してある。カウンターのうしろにいるのが女の亭主かもしれないという疑念も――その男はたらんとした口髭をはやしており、女より年上である――彼の行動計画を思いとどまらせはしなかった。どのみち野蛮そうな男じゃないか、あの女にならば俺はすべてを与えてやろうとシェルドリックは思った。

妻はマルセイユで彼と訣別し、去っていった。私は自分の人生を生きたいのよ、と彼女は言った。私ももうそろそろ四十だし、これ以上年をとったら世の中の男は誰も振り返ってくれなくなってしまう、と。彼女は話しあいも、妥協案も拒絶した。心はもう決まっていたのだ。シェルドリックは懸命にすがってはみたが、どうにもならなかった。

「僕が何をしたっていうんだ？」と彼は言った。

「問題はやったことじゃなくて、言ったことよ」

言ったことはやったも同じ――ということなんだなと彼は思った。それも大きな何かがひょっこりあってというのではなく、十年以上のあいだに細かいことが溜まりに溜まってきた結果なのだ。結婚生活がずっと前から駄目になってしまっていることは承知していたが、彼としてはそんな廃墟の中で生きていくことに、それなりに満足していたし、妻は自分を必要としているのだと信じていた。しかしあのマルセイユの町で、あなたとは別れるわと彼女は宣言したのである。妻の口にした単刀直入な科白《せりふ》は彼を落ちこませた。そういう言い方をされると、まるでぎゅうぎゅう踏みつけられたみたいに心が痛んだ。彼女が家を取り、毎月なにがしかの送金を受けとるということに彼は同意した。

「僕はきっと辛い気持ちになるよ」と彼は言った。

「苦しんで当然よ」

妻の態度は若い娘みたいで、見るからに希望に満ちており、彼の方は殆んど年寄りじみた態度でそれに対した。妻はそのまま帰国してしまったわけだが、自分が帰国する時期になったとき、彼はこう思った。なんで帰らなくちゃならんのだ？　なんで仕事をしなくちゃならんのだ？　彼はコネティカットの大学でフランス文学の教授をしており、学期が始まろうとしていた。しかし妻と別れたその日からシェルドリックは手紙に返事を書くのをやめ、計画を立てるのをやめ、将来のことについて思いめぐらすのをやめていた。それがなんだっていうんだ？　彼は一切を放り出した。もう何がどうなろうと知ったことではない。彼は――妻とのことが多少重荷ではあったにせよ――自分は幸運な男だと感じながらこの旅行に出発した。そして夏は終わり、妻はどこかに行ってしまった。彼女と一緒に世界そのものがすっぽり消えてしまった、と彼は思うようになった。

自分がこれまでやってきたことがすべて無価値に思えた。彼の敗北感はあまりにも深く、柔らかい物腰の害のない人物という以外に、自分の存在意味なんか何もないという気がするくらいだった。身を隠すものがなくなってしまって、あとはつぶされるのを待つだけみたいだった。妻が丸石をひょいとどかして、彼を盲目のぶよぶよした虫みたいに外界にさらしたまま、どこかに行ってしまったのだ。

そんな無力感の中で、彼はもう何の義理も責任も感じなかった。この世界は幻影なのだ――彼は結婚も自己存在といったもののもこしらえたが、それらはみんな消えてしまった。俺は風にいたぶられる犠牲者で、その声は小さくはかない。そして俺が堅固だと思っていたものは、ただの霞にすぎなかったのだ。お互いを信じあえるなんて、恋人のあいだだけのことなのだ。妻に戻ってほしいとは思わなかった。彼はもう何も望まなかった。

自分でもびっくりしたことに、彼はコルシカの田舎町の見ず知らずのレストランに入り、一人の女に目をとめ、彼女と結婚したいと望んでいた。打ちのめされたおかげで肝っ玉が大きくなったのかな、と彼は思った。あらためて独身者となった彼が目にした最初の光景であるこの島には、まるで難破して漂着した場所みたいな荒れ果てた趣があって、それはやけっぱちな気持ちによく似合っていた。そして彼はその女に駆け落ちを持ちかけようとしているのだ。

その女の独特の美貌に彼は魅了されたが、その美しさはカテラッジョの悪臭から車で逃げだしている道すがら、午後じゅうずっと素敵だなあと眺めていたある種の樹々の美しさに似ていた。そんな樹々と同じように彼女はほっそりとして、この島で見かけたどんな女とも違っていた。そのとき彼ははっきりと悟った。俺はあの女を連れずしてコルテをあとにすることはあるまい、と。彼女は彼がコルシカで気に入ったものの全てを具現していた。女を連れてここを出るという思いは、実にはっきりとしたものだった。疑問をはさむ余地などまったくない。向こう見ずであるが、必要なことだった。というわけで、腰を下ろして飲物を注文し、メニューから出鱈目に料理を選び終えるまでに、彼は既に手順の大筋を頭の中に作りあげていた。あとはそれを実行に移すのみである。

彼はなかなか流暢なフランス語をしゃべった。実をいうと英語をしゃべるときだって気障《きざ》に少しフランス訛りをつけて、喉の奥でちょっともごもごさせたり、舌をもつれさせたりしていたくらいなのだ。しかしこれはもう言葉がどうこうといったような次元の問題ではない。女は肩がほっそりして、胸はほとんどなく、脚は細く、髪を短くしていた。彼はただ女をそばに引きとめるだけの目的で、料理についての質問をした。彼女の体からは百合の匂いがした。彼女はワインを運び、食事を運び、デザート(果物)を運び、コーヒーを運んできた。コーヒーは彼女の夫――それはまず間違いのないところだろう――が機械で作った。女がテーブルに来るたびに、親しくなろう、自分に注意を向けさせようと、あれこれ話しかけてみた。彼としても明確なプランがあるわけではない。彼女を手に入れずしてこの町を出るまいぞと心に決めているだけである。その夜、彼はイル・ルースに泊ることになっていた。女は細目の毛糸で編んだセーターを着ていたが、それはレストランで働く人間の格好ではない。とすると、彼女はウェイトレスではないのだ。彼女の夫がレストランの主人で、彼女は手伝わされているというわけだ。シェルドリックはそんなことを推測しているうちにだんだんこう思いこむようになった。自分がこの女に会ったのは偶然の成り行きだが、彼女は俺のことをじっと待っていたのだ、と。

女は畳んだ勘定書を載せた皿を手に彼に近づいた。ちょっとこれを見てと彼は女に言い、女が勘定書を見ようと彼の方にかがみこんだときに「僕と一緒に——ここから出ていかないか」と言った。

女がびっくりするんじゃないかとひやひやものだった。俺はなんて大胆なことを口にしたんだろうと彼は思った。しかし女はじっと勘定書を見ていた。知らんふりをしているのだろうか？　もったいぶっているのだろうか？

「車がある」と彼は言った。

女は表情ひとつ変えず、尖った赤い爪で勘定書に触れた。

声がうわずらないように意識しながらシェルドリックは言った。「君に惚れてる。一緒にここから逃げ出そう」

女は彼の顔を緑色の瞳でまじまじとのぞきこんだ。この人、頭がおかしいのかしらと見定めているのだ。彼が力なく微笑むと、女の視線がいくぶん和らぎ、その緑の中に青色がキラッと光ったように思えた。

皿の中に金を置くとき、彼の手は震えた。

「お釣り持って参ります」と女が言った。

そして女は行ってしまった。シェルドリックは自分の熱情を、彼女の夫と目される男に気どられぬように、顔を伏せてテーブル・クロスを見つめていた。

女はなかなか戻ってこなかった。俺の言ったことを亭主にバラしたのだろうか？　そうしたとしても文句は言えない。すがるように耳もとで囁いた誘いかけの科白は、あまりにも常軌を逸した衝動的なものだったし、きっとあの女は怯《おび》えてしまったんだろう。でも後悔なんか全然しない。俺はああ言わなくちゃならなかったからそう言ったのだし、もしそうしていなかったら、それはそれで一生悔みつづけたことだろう。五分たったあとで、彼は女が警察に行ったんだろうと思った。もう今では俺が女に向かって口にしたあのとんでもない口説き文句は広く世間に知れわたっているに違いない。

先刻と変わりないしゃきっとした歩き方で、女はこちらにやってきた。皿を手にレストランを横切り、すました顔でそれを彼の前に置き、そのとき軽くお辞儀した。そして女は最初見かけたときと同じバーのわきに戻った。

それでおしまいだった。回答はなし。女はひとことも口をきかなかった。言葉もないから、糾弾もされない。すべてはいっときの熱病のように過ぎ去ってしまった。他人に知られることもあるまい。騒ぎたてて俺に恥をかかせなかっただけでも、親切な女だったんだ。

彼は小銭をつかみ、何事もなかったかのようにチップを置いていくというのはいかにも白々しい猿芝居だなあと思った。しかし小銭をあつめていると、皿の底の畳んだ勘定書に何かが書いてあるのが見えた。走り書きされた単語が彼の喉を詰まらせ、体を麻痺させてしまった。その生乾きのインクの筆跡を目にして、彼は字をつきつけられた文盲の男のように赤面してしまった。懸命に文字を読みとろうと努めたが、文面は簡単至極だった。「閉店したあと、パオリの像の下にいます」とある。

勘定書をポケットにつっこみ、十フランをチップとして置いた。そして女の方には目もくれずに、急いでレストランを出た。角を曲がり、上り坂が石段になるまで歩き、コルテを見おろす城壁の石の階段を上った。そこで一人きりになると、彼はもう一度そのメッセージを読みなおし、荒廃した城の胸壁にもたれて狂喜し、頭上の旗が風にはためく音に胸を震わせた。眼下のごつごつとした谷間や、丘の斜面には彼のお気に入りの樹々の姿が見えた。

　彼は一時間の余裕を女に与えた。五時のまぶしいくらいの黄昏の光の中で、彼はレストランの近くに停めておいた自分の車に戻った。レストランの窓は鉄のシャッターが下ろされ、南京錠がかかっていた。日曜日で、この丘の上にある町の丸石敷きの通りには人影がなかった。このコルテの町の中で生きている人間が俺のほかにいないと言われても驚かないなと彼は思った。不審に思われないように、プラス・パオリまで歩くよりは、ゆっくりとしたスピードで車で行った方が良さそうだと彼は判断した。

　場所はすぐにわかった。丸石敷きの斜面のいびつなかたちの広場で、銅像の向こうにまわると女の姿が見えた。丈の短い上着を着てハンドバッグを持ち、幾分青ざめた顔でじっと彼の方を見つめていた。車を停めると、彼が口をひらく間もなく、女は隣の席にさっさと乗りこんできた。

「早く」と女は言った。「停まらないで」

　女のぴしっとしたしゃべり方が彼を茫然とさせ、手足がしびれたみたいにのろのろとしか動かなくなってしまった。

「ねえ、聞こえないの?」と女は言った。「早く車を動かしてよ、さ!」

　彼は運転の手順を思いだした。そしてスピードをあげて町の外に出た。バックミラーの中で町がかたかたと揺れていた。女はうしろを振り返った。彼女はびくびくしていたが、やがて気がたかぶってきたようで顔に輝きが出てきた。女は物珍しそうにシェルドリックを見て、それから「これからどこに行くの？」と訊いた。

「イル・ルース」と彼は言った。「ホテル・ボナパルトに部屋をとってある」

「そのあとは？」

「決めてないけど、ポルトにでも行くかな」

「ひどいところよ、ポルトなんて」

それを聞いて彼は面喰ってしまった。というのは彼の妻はしょっちゅうポルトのことを口にしていたからだ。彼と別れたことであの女が悔んだことのひとつは、いやたぶん唯一悔んだであろうことは――もちろんそういう風には言わなかったけれど――計画していたポルト行きを果たせなかったことだったのだ。

「あんなところ、ドイツ人とアメリカ人しかいないわよ」と女は言った。

「僕はアメリカ人だよ」

「でもタイプが違うわね」

「みんな同じさ」

「私、アメリカに行ってみたい」と女は言った。

「できたら生きているうちは、二度とあんなところに戻りたかないね」と彼は言った。

女はまじまじとシェルドリックの顔を見たが、何も言わなかった。

「君は綺麗だね」

「ありがとう。あんたやさしいのね」

「コルシカそのものみたいに美しいね」

「私コルシカって大嫌い。あいつらみんな野蛮人だわ」と女は言った。

「君は野蛮人じゃないよ」

「私はコルシカ人じゃないもの」と女は言った。「主人はコルシカ人だけど」と言って女はリア・ウィンドウごしにちらっとうしろに目をやった。「でもそれももうおしまいよ」

何もかもがばたばたと素速く進行していた。レストランでの求愛、銅像のところでのせかせかした昔なじみみたいな応対（「ねえ、聞こえないの？」）。ここでまたひとつ進んで新しい局面だ。それで彼は思いきって訊ねてみた。「どうして僕と一緒に来る気になったんだい？」

女は言った。「それが望みだったからよ。ここを出ていこうと一年前から思っていたわ。でもいつも何かがあってうまく行かなかったの。あんたのおかげで私ドキドキしちゃったわ。警察の人かと思ったのよ——ね、どうしてこんなにゆっくり運転するのよ？」

「こんな道に馴れてないんだよ」

「アンドレ、っていうのがうちの亭主なんだけど、あいつは狂ったみたいな凄い運転するわよ」

「僕は大学の教授なんだ」とシェルドリックは言ったが、すぐにそう言ったことを後悔した。

うんざりするようなひどい道だった。こんなカーブでスピードを出す人間がいるなんてとても想像できない。しかし女は（なんて名前なんだ？　いつ訊きゃいいんだ？）彼女の夫がここでびゅんびゅん車をとばしたと繰り返した。シェルドリックは車がセカンド・ギアでぜいぜい息を切らせながら走りつづけ、ハンドルを握った手のひらが汗でつるつる滑っていることを心にとめた。

「コルシカ人じゃないっていうと、君はどこの人？」

「フランス人よ」と彼女は言った。それから「私がいなくなったってわかったら、アンドレは私を殺しにくるわ。コルシカ人ってみんなそうなの。血なまぐさくって、やきもちやきなのよ。あんたのことも殺そうとするわね」

「変だな。そんなこと思いつきもしなかった」とシェルドリックは言った。

「あいつらみんな銃を持っているわ。アンドレは山でイノシシを射つのよ。あのへんの山よ。あの人射撃が滅法上手いの。私が楽しい想いをしたっていったら狩りのときくらいね――最初の何年かのね」

「僕は銃は苦手だな」

「アメリカ人ってみんな銃が好きなんじゃないの」

「僕はべつなんだ」と彼は言った。女はわざとらしく、殆んど芝居じみた感じでため息をついた。彼としては一所懸命やっていたのだが、女の方は早くも彼のことをいくぶん嫌いはじめているようだった。それもとくにこれといった理由もなく。まったく、わざわざ助けだしてやったというのに！　まっすぐな道路なら彼だって、ゆうゆうとスピードを出して無言のまま、ホテルまでつっ走ることもできた。しかしのろい車で、坂道をいつ果てるともなく上下していると、彼はだんだんいらいらしてきた。でも何の話をすればいいのだろう？　女の方から話を持ち出すこともなかった。彼女はヴェルヴェットのジャケットに身をくるんでただ押し黙っていた。

　彼はやっと口を開いた。「君は子供いるの？」

「私のことを何だと思ってるの？」と女は言った。その甲高い声は彼に衝撃を与えた。

「私が子持ちかもしれないって思ったの？　で、子供を放り出して、会ったばかりの男と真っ昼間から駆け落ちしたんじゃないかと。そういうふしだらな女だと。あんたそう本当に思ったの？」

「いや、悪かった」

「何が悪かったよ。あんたは私のことを尻軽女扱いしたのよ」と女は言った。

彼はまたもごもごと弁解を始めた。

「ちゃんと運転してよ」と女はそれをさえぎって言った。女はあらためて彼を眺めた。

「あんたの背広だけど、大学教授にしてもちょっとしょぼくれすぎてんじゃない？」

「そうかな？」と彼は冷めた声で言った。

「そのネクタイ最悪」と女は言った。

真っ白な嘘

White Lies

外部寄生虫の生活サイクルをノートに記述するにあたって、だいたいいつも僕はびっしりとディテイルを書きこむことにしていた。というのはアフリカから帰国したら、その中からとびきり奇抜なものをいくつか選んで記事にしたいと思っていたからである。でも「デルマトビア・ベンディエンセ」の話だけは例外だ。僕はその虫に自分の名前を与えることはできなかった。僕はそいつの犠牲者ではなかったからだ。どんな記述をしたかって？〈ジェリー〉というただ一言だけだ。その虫の発見を思いだすにはそれだけで十分だった。僕としてもその研究成果を昆虫学の専門誌に発表して世に問いたいという思いはあるのだが、その記憶がいまだにおぞましくて、それを科学のレベルにこぢんまりと収めてしまうことはまだできそうにない。

僕とジェリー・ベンダはアフリカのある学校の敷地内にある一軒の家に二人で住んでいた。毎週金曜日と土曜日の夜に彼はレインボー・バーでアミーナというアフリカ人の娘と会い、タクシーで彼女を家につれてかえった。誰もそのことは知らなかったから、スキャンダルにはならなかった。一夜明けて朝食がすむと、アミーナはジェリーの服にアイロンをかけ（僕の服は僕が自分でアイロンをかけた）、それから黒人のコックが彼のおんぼろ自転車のクロスバーに彼女を乗せて、町まで送り届けた。それはなかなか愉快な光景だった。僕自身の最大の情熱――家のまわりの野原でかわった昆虫を採集する作業――から戻ってくる道すがら、よくその二人に出会ったものだった。仕事用のカーキ色のコック服と丸帽をかぶったジカが、脚の長いアミーナを乗せて自転車のペダルをこいでくるのだ。打ち明ければ、アミーナの姿は喉から手が出るほど手に入れたい昆虫を僕に思いださせた。二人は叫び声をあげながら、がたがたと坂を下りてきた。深いわだちをこえると、自転車のベルが目覚し時計みたいにちりちりと音を立てた。知らない人が見たら、この二人はアフリカ人の夫婦で、朝早く市場に買出しに出かけるところだと思ったことだろう。地元の連中は彼らには目もくれなかった。

事情を知っているのは僕だけだった。その二人は、学校においては優雅な身のこなしと立派な仕事ぶりで一目置かれている若いアメリカ人の愛人と、コックなのだと。コックの笑い声は神経質に甲高かった。彼はアミーナを怖がっていたのだ。しかしそれでもジェリーに心服していたので、ちゃんとジェリーのいいつけに従った。

ジェリーは欺瞞的な男だったが、その当時僕は、誰かを深く傷つけるほどの想像力を彼が持ちあわせているとは考えなかった。しかしそれでも彼の生活は、アフリカに住む大方の白人が送っているありきたりの二重生活とは趣を異にしていた。ジェリーはある野心を抱いていたのだ。野心というものは自己中心癖《エゴティズム》よりずっと多くの嘘つきを生みだすものである。しかしジェリーは非常に注意深く、その嘘はよく計算された控え目なものだったので、彼の言を疑う人間は一人もいなかった。彼はボストンの出だと自称していた。僕がメドフォードから来たと言うと、「まあ正確に言えばベルモントなんだけど」と言ったが、彼のパスポートの住所はウォータータウンになっていた。彼はそのことを隠さなくてはならなかったのだ。それでいろんなことの納得がいく。ボストンの黒くくすんだ尖塔と、高級住宅地ベルモントの澄んだ大気にはさまれた長い坂道の、下の方の部分に属する、ぱっとしない生活が目に浮かんでくるのだ。我々はおそらく英国人ほどはっきりとした階級意識を持ってはいないが、それでもいったん階級を問題にしはじめると、スノッブという以上の意識がそこに生じるように思えるし、それはいかにもわざとらしい、一風奇妙な光景を作り出すことになる。僕はアメリカ人が自分の社会的地位について語るのを耳にするたびに、いつも人間蝿のことを思い出してしまう。人間蝿というのは高いビルディングの壁にへばりついて、汚ないうわっぱりを着て煉瓦積み作業をしている小柄な人たちのことだ。

　幻想として始まったことは、このぱっとしない土地で六カ月間くりかえし語られるうちに、事実としての体裁を帯びるようになった。ジェリーはアフリカというものを知らなかった。たった一人の女友だちがすなわちひとつの大陸を代表していたわけだ。そして言うまでもなく、彼はその娘にも嘘をついていた。それもジェリーがアフリカに留《とど》まりたがった理由のひとつだろうという印象を僕は受けた。人が自分自身について少なからぬ量の嘘をつくと、その嘘はしっかりと根づいてしまうことになる。そうなるともう後には戻れない。後に戻ることは真実に直面することを意味しているからである。彼が自称している氏素姓に異議を唱えることができるものはアフリカにはいなかった。ボストンのちょっとした名家の出で、財産もあり、父親の事業を引き継ぐ前に第三世界の奉仕団体に加わって冒険気分を味わっているというふれこみだった。

　ここまで書いてきたものを読みかえしてみて、ひょっとして僕は彼について不正確な描写をしたのではあるまいかとも思う。ジェリーはある点では間違いなくくわせものだったが、人は彼のそういう欺瞞性にはまず気がつかなかったからである。人が彼から受ける第一印象は、まずすらりとして性格の良さそうな二十代前半の青年であり、自信たっぷりに気さくで、軽やかに魅力的で、お世辞の才に恵まれているということだった。僕が昆虫学を専攻しているというと、彼は僕のことを「先生《ドクター》」と呼んだ。そしてそのうちにそれは「ドク」と縮まった。彼は学校で働いている庭師や洗濯女にいささか馬鹿丁寧すぎるくらいの気配りを見せたし、最上級にきちんとした言葉づかいをした。生徒たちにも「あなた」という言葉を使った（「あなたは怠けものの馬鹿野郎です」）。それはみんなを戸惑わせ、そして心服させた。コックは彼を崇拝したし、そのコックの助手――脚が不自由でぼろぼろの服を着た十四歳の少年――でさえ彼を好いた。その貧しい少年は彼への好意を示すべく、我々のテーブルを飾るための花を、舎宅の向う側に住むインクペン家の庭から盗ってきたくらいだった。僕の方があまり風采のあがらない近眼の虫あつめ男として適当にあしらわれているのに対して、彼は舎宅の中の英国人の奥さん方に可愛がられていた。新任の校長の夫人であるレイディー・アリス（サー・ゴッドフリー・インクペンはその文官としての業績に対してナイトの称号を受けていた）〔訳注・英国ではサー（ナイト）の夫人にはレイディーの称が使用される〕は、夫が不在のときにはしょっちゅうジェリーに会いにやってきたものだった。ジェリーは彼女に対して礼儀正しく振舞い、好印象を与えるべく汲々《きゅうきゅう》としていたが、陰にまわると「あの女はまったくの色狂いのおしゃべりばあさんだね」と言っていた。

「どうして世の中はこうなのかな？」とある日彼は僕に向かって言った。「白人の女がありったけの金を抱えこんでいて、黒人の女がありったけのルックスを抱えこんでいるなんてね」

「君が金に興味を持っていたとは意外だね」

「金そのものには興味ないよ、ドク」と彼は言った。「金で買えるものに興味があるのさ」


どんなに努力しても、僕は隣の部屋から聞こえてくるアミーナの歓喜の叫びと、ジェリーの肘がどすんどすんと壁を叩く音に慣れることはできなかった。二人が事を始めるたびに、いつ壁にかけた蝶の標本箱が落ちてくるかとひやひやしたものである。朝食の席でジェリーは、いつものつんととりすました態度でテーブルの上席に坐り、アミーナはきゃあきゃあと笑っていた。

彼は両方の手にティーポットを持っていた。「何がよろしいかな、マイ・ディア？　中国茶、インド茶？　ママレード、それともジャム？　ポーチド・エッグ、あるいはスクランブル？　燻製ニシン《キッパー》などはいかがかな？」

「ウォプサ！」とアミーナは言った。「ばあか！」ということだ。

彼女はやせて骨ばっていて、スカーフをターバンみたいに格好良く頭に巻いていた。

「僕は明日にでもこの娘と結婚するよ」とジェリーは言った。「彼女が五万ドル持ってりゃあね」彼女の胸は大きく、肌はビロードのようだった。アイロンをかけているときでさえ彼女は高貴に見えた。そのアイロンがけの光景を目にするたびに、人々から献身をひきだすジェリーの能力に僕は感服したものだった。

でも僕は違う。僕がその男に対して頭に来ていたいちばんの理由は、彼が新参者だったということだと思う。僕はもう二年もアフリカにいたし、性的野心の一切を放棄して昆虫学の分野での大発見に賭けていた。でも彼は僕のそんな経験には鼻もひっかけなかった。僕には教えてやれることが山ほどあったというのにだ。そんなわけで、ジガがアミーナを自転車に乗せて町に送り届ける姿を見まもりつつ、僕はコレクションにひとつまたひとつと標本をつけ加えていくのだった。

そしてある日、インクペンの娘が学校の休みを両親とともに過すためにローデシアからやってきた。

到着したその翌日に我々は彼女の姿を目にした。娘は我々の庭に隣接する母親の庭のバラを眺めていた。彼女は十七歳くらいで、はあはあ息をして、汗をかいていた。そしてとても小柄だったので、網にひっかかってもがいているピンクの蝶を僕はすぐに思い浮かべた。彼女の名はペトラで（両親は「ペット」と呼んだ）、いかにも大胆に無垢に、美しく花開いていた。「僕はあの娘と結婚するぜ」とジェリーは言った。「いろいろと考えてみたんだけどね」と翌日彼は言った。「もし僕が彼女ひとりを招待したりしたら、魂胆は丸見えになっちまう。もし三人ともを招待したら、それはそれで策略っぽくなる。だから僕は都合の悪そうなときをみつくろって両親二人を招待する。そうすりゃ二人は娘を一緒に連れていっていいかと僕に訊くしかあるまい。向こうが僕に訊くんだぜ。うまいやり方だろう？　日が暮れてからじゃなくちゃならない。連中は留守中に娘がレイプされやしないかとひやひやするもんな。日曜は一家水入らずでいるから、日曜の夜七時ってのはどう？　食事つきのティーってやつでさ。あいつらあの娘を僕の手の中に運んできてくれるぜ」

招待は受諾された。サー・ゴッドフリーは言った。「もし君たちさえよろしければ娘を一緒に——」

僕がいちばん興味津々だったのは土曜の夜にジェリーがアミーナを家に連れて来るかどうかということだったが、彼はちゃんとそうした。たぶん何かあるとアミーナに勘づかれるのを避けるためだろう。朝になるとまたあの「何にするね、君？」という朝食があった。

しかし何から何までいつもどおりというわけではなかった。キッチンではジカがケーキとスコーンを作っていた。日曜日のそんな朝早くからケーキを焼く強い匂いが漂っていることを、アミーナは不思議に思った。彼女はくんくんと匂いをかいで微笑み、カップを手にとった。そして、これは何の匂いかしらと訊いた。

「ケーキ」とジェリーは言って微笑みかえした。

ジカがトーストを何枚か持っておずおずと入ってきた。

「あんた私より料理がうまいね」と彼女はチンヤンジャ語で言った。「私はケーキを焼けないもの」

ジカはすごく困ったような顔をしてジェリーの方を見た。

「少しケーキを食べたまえよ」とジェリーはアミーナに言った。

アミーナは唇に軽くカップの縁をつけ、「アフリカ人は朝食にケーキは食べないのよ」といたずらっぽく言った。

「我々は食べる」とジェリーはうしろめたいせいで早口で言った。「古くからのアメリカの習慣なんだ」

アミーナはじろじろとジカを見た。彼女が立ちあがるとジカはひるんだ。アミーナは「おしっこをしてくるわ」と言った。それは彼女が知っている数少ない英語のセンテンスのひとつだった。

「あいつ何か疑ぐってるな」とジェリーは言った。

網とクロロフォルムの瓶を持って家を出ようとするとき、台所の騒ぎが耳に入った。ジェリーはアミーナにアイロンなんてかけなくていいと言い、アミーナは言い返し、ジカは困ったようになっていた。しかしジェリーは怒っていて、間もなく自転車がことことと音を立てて家から出ていった。ジカがペダルを踏み、アミーナはクロスバーの上に乗っていた。

「あいつは僕につきまとおうとしているだけなんだ」とジェリーは言った。「あの女がいったい何をしてたと思う？　ノー・アイロンのシャツにアイロンをかけてたんだぜ！」

インクペン一家がやってきたのは夕刻のまだ早い頃だったが、お茶が入る頃にはあたりはすっかり暗くなっていた。ペトラは自慢気な両親にはさまれて坐り、すっごく良い家ねえ、すっごく良い学校ねえ、ここで休暇を過せるなんてサイコーと言った。その救いがたいお気楽さは彼女をかえって魅力的に見せているくらいだった。
おそらく我々のために——娘を見せびらかすために——サー・ゴッドフリーは彼女

にいろいろと誘導尋問をした。「お前が編みものを始めたとお母さんが言っておったが」そして「お前は数学の天才だとお母さんが言っておったが」そして彼は「乗馬をやっておるという話だが」と言った。

「こってりとね」とペトラは言った。彼女の目が輝いていた。「学校のまわりに厩舎がいくつかあるのよ」

　ダンス、試験、ピクニック、パーティーとペトラはローデシアでの学校生活についてべらべらとまくしたてた。話を聞いていると、それはどこか遠くの国のことみたいに思えた。アフリカの国なんかじゃなく、上流英国人のレクリエーションのための特別保護地みたいな感じだった。

「変だねえ」と僕は言った。「そこにはアフリカ人はいないの？」

　ジェリーがじろりと僕を睨んだ。

「学校にはいないわ」とペトラは言った。「町にはいくらかいるけど、女の子たちは連中のことを黒んぼ《ニグノグ》って呼んでる」。彼女はにっこりと微笑んだ。「でも本当はとても良い人たちよ」

「アフリカ人たちがですか？」とレイディー・アリスが訊いた。

「女の子たちがよ」とペトラが言った。

父親が眉をひそめた。

「ここのことはどう思いますか？」とジェリーが質問した。

「正直言ってサイコーね」

「日が暮れちゃって残念だな」とジェリーが言った。「あなたにインドソケイの花を見せてあげたかったのに」

「ジェリーのインドソケイは評判なのよ」とレイディー・アリスが言った。

ジェリーはフランス窓のところに行って、茂みのあるだいたいの方角を示した。彼は身ぶりで暗闇の方を指して「あっちの方ですよ」と言った。

「見えるわ」とペトラは言った。

インドソケイの白い花とねじれた茎が、近づいてくる車のヘッドライトにくっきり浮かびあがって見えた。

「どなたかお客が見えるんじゃないのかね？」とサー・ゴッドフリーが言った。

インクペン一家はじっとタクシーを見つめた。僕はジェリーの顔を見た。彼はまっ青になったが、それでも冷静さだけは失わなかった。「ああ、そうですね」と彼は言った。「生徒のお姉さんだな」彼は外に出てアミーナをさえぎろうとしたが、彼女の方が素速かった。彼女はジェリーのわきをすり抜けて、インクペン一家が唖然としている客間《パーラー》に入ってきた。びっくりして口もきけなくなっていたサー・ゴッドフリーが、立ちあがってアミーナに椅子をすすめた。

アミーナは落ちつかなげにぼそぼそと何かをつぶやいて、ジェリーの顔を見た。彼女は田舎のムスリム風に黒いサテンのマントとサンダルを身につけていた。彼女がぴったりとしたドレスとハイヒール以外の格好をしているのを目にしたのはそれがはじめてだった。そんな長いマントを着た彼女は、硬い翅をぶんぶんとうならせて部屋にとびこんできたきわめて危険な蠅を思わせた。

「よく来てくれましたね」とジェリーは言った。言葉づかいはきちんとしていたが、声はいくぶん甲高くなっていた。「えー、こちらは――」

アミーナは気まずそうにマントの翼をぱたぱたさせ、「いえ、もう失礼します。まずいときにお邪魔しちゃって」と言った。彼女は彼女の国の言葉でしゃべった。彼女の声は小さく、申し訳なさそうでさえあった。

「坐っていただいてはどうかね」と立ったままでサー・ゴッドフリーが言った。

「いや、大丈夫ですよ」と、ちょっとあとずさりしながらジェリーは言った。

そのとき僕はペトラの顔に恐怖の色を認めた。彼女は上から下まで、ショールをかぶった頭からひびわれた足まで、ちらちらと相手を見ていたが、戸惑いと恐怖の色を顔に浮かべて、ぽかんと口を開けていた。

台所の戸口ではジカが両手で耳をふさいで立ちすくんでいた。

「外に出よう」とジェリーはチンヤンジャ語で言った。

「その必要はないわ」とアミーナは言った。

「お持ちしたものがあるだけなの。ここでお渡しできるわ」

ジカは台所にひっこんで、ドアを閉めた。

「これよ」とアミーナは言って、マントの中をもぞもぞと探った。

「やめろよ」とジェリーは早口で言った。そしてまるで短刀の一撃から身をかわすかのようにくるりと身をひねった。

しかしアミーナがマントのひだのあいだからとりだしたのは、プレゼント用に包装されたやわらかそうな包みだった。彼女はそれをジェリーに渡すと、我々の方は見向きもせずにひらりと部屋を出ていった。闇の中に足を踏み入れると、次の瞬間には彼女の姿は見えなくなってしまった。誰もひとことも口をきけないでいるうちに、タクシーはスピードをあげて家から離れていった。

「変わった方ね」とレイディー・アリスが言った。

「ちょっとあいさつに寄ってくれたんですよ」とジェリーは言った。まったく次から次へとよく嘘が出てくるものだ。「あの人の弟が四学年にいるんです。それがとてもよくできる子でしてね、彼女としても弟の試験の成績が良かったことが嬉しいんですね。お礼を言いたくて寄ったんでしょう」

「いかにもアフリカ人らしい」とサー・ゴッドフリーは言った。

「人が家に寄ってくれるって素敵だわ」とペトラが言った。「喜ぶべきことよ」

ジェリーは弱々しく微笑み、アミーナがまた乱入してきて自分の頭をかち割るんじゃないかといった目つきで、じっと窓を見つめていた。あるいはそうではなくて、自分がうまく事態を収拾したことに胸をなでおろしていたのかもしれない。

「ねえ、それ開けてごらんになれば」とレイディー・アリスが言った。

「何を開けるんですって?」と言ってから、ジェリーは自分がそのやわらかな包みを手にしていることに気がついた。「これのことですか?」

「いったい何が入ってるのかしら」とペトラが言った。

それがどうぞ恐ろしいものではありませんようにと僕は祈った。捨てられた恋人が心がわりした男に堕胎した胎児を送り届けるといったような話を、僕はいくつか耳にしたことがあるからだ。

「包みを開けるのって大好き」とペトラが言った。

ジェリーは包みを破って開け、そこに不都合なものが入っていないことをたしかめてから、インクペン家の人々に見せた。

「シャツね」とレイディー・アリスは言った。

「綺麗じゃないか」とサー・ゴッドフリーが言った。

それは赤と黄色と緑のシャツで襟と袖に刺繍がついたアフリカ風デザインのものだった。「これは返さなくちゃ。ワイロのようなものですからね」とジェリーは言った。

「馬鹿なことを言っちゃいかん」とサー・ゴッドフリーが言った。「是非頂いておきたまえよ」

「着てみてよ!」とペトラが言った。

ジェリーが首を振ると、レイディー・アリスが「着てみなさいな!」と言った。

「またにしましょう」とジェリーは言ってシャツをわきに放り投げ、家族の自家用ヨットの上でやった姉の結婚式の披露宴についての、長くてユーモラスな話を始めた。

そしてインクペン一家が帰る前に、サー・ゴッドフリーに向かって昔風にあらたまった口調で、お嬢さんをつれて土地のお茶園に日帰りの遠出をしてかまわないでしょうかと訊ねた。

「よければ私の車を使いたまえ」とサー・ゴッドフリーは言った。

一家が帰った途端ジェリーはがたがたと震えはじめた。彼はよろけながら椅子に腰を下ろし、煙草に火をつけた。「あんな怖い目にあったのは生まれてはじめてだ。あの女見たかい？　神様！　もう一巻の終わりだと思ったよ。言っただろ、あいつは何かを疑ぐってるって」

「そうとは限らんよ」と僕は言った。

彼はシャツを蹴とばし――彼はそれに手を触れるのを避けているようだった――

「いったいこれは何の真似だ」と言った。

「君がインキーに言ったとおり、プレゼントさ」

「あいつは魔女だ」とジェリーは言った。「何か企んでやがる」

「それは言いすぎだ」と僕は言った。「だいたい君にも問題がある。君は彼女を家から叩き出したんだぞ。彼女は君と仲なおりしようとプレゼントを持ってやってきた。アイロンをかけることができなかったシャツのかわりに新しいシャツを持ってきた。そしたら隣の人がいた。もう戻ってはこないさ」

「ずいぶん自信たっぷりじゃないか。僕はもう六カ月もアミーナと寝てるんだぜ。君が一人でコセコセとやってるあいだにさ。なのに君はあいつについて僕に教えてくれている。大したもんだよ」

ジェリーは嘘つきにつきものの決定的な弱点を持っていた。他人の話が一切信用できないということだ。

「そのシャツをどうするつもりなんだい？」と僕は訊いた。

そのことでは彼はずいぶん思い悩んでいたようだったが、何も言わなかった。

その夜遅く、僕が標本をいじっていると、きつい臭いがしたので、窓辺に行ってみた。焼却炉に火が入っていて、ジカが咳きこみながら棒で中をかきまわしていた。

次の土曜日、ジェリーはペトラをサー・ゴッドフリーの灰色のハンバーに乗せて、お茶園につれて行った。僕はジェリーばかりが良い目を見やがってと腹を立てながら一日、網を手に過した。まずアミーナ、それからペトラだ。そして奴はアミーナを捨ててしまった。彼の傲慢さには、あるいは――こちらの方が僕としてはずっと頭に来ているわけだが――幸運にはまったく際限がないように見えた。彼は一人で帰宅した。彼にセックスの自慢話をするようなチャンスは絶対に与えるまいと決心していたので、僕は一人でじっと部屋に籠っていたが、帰ってきてから十分もたたないうちに僕の部屋のドアがノックされた。

「ちょっと忙しいんだ」と僕はどなった。

「なあドク、大事なことなんだ」

彼ははあはあ言いながら、熱で消耗したような顔つきで、申し訳なさそうに中に入ってきた。それは性的征服に酔っている男の顔ではなかった。彼の顔を見てすぐにこりゃうまくいかなかったんだなと僕は悟った。そこで「あの娘の具合はどうだった?」と訊いてみた。

彼は頭を振った。その顔は蒼白だった。「できなかった」と彼は言った。

「ふられたってわけ?」と僕は言ったが、嬉しさを隠すことはできなかった。

「あの娘はすごくやりたがってたさ」と彼はいくぶんしかつめらしい口調で言った。

「十七なんだよ、ドク。年の半分は女子校の中に閉じこめられているんだぜ。彼女はおあつらえ向きの干し草置場までみつけてきたよ。でも僕はやらなかった。できることならもっと早々に引きあげたかったくらいのもんさ」

「なんだか変だぜ」と僕は言った。「どっか具合が悪いんじゃないのか?」

彼はそれには答えなかった。「なあドク」と彼は言った。「アミーナが乗りこんできたときのことを覚えているだろ?　よく考えてくれよ。あいつは僕に触ったかい?　これ、すごく重要なことなんだ」

彼女が君に触ったかどうかなんてまるで覚えてない、と僕は言った。その事件はあまりにも哀れで気詰まりなものだったので、僕としては記憶の中から追い払おうとしていたくらいのものだったのだ。

「何かこうなるんじゃないかっていう気がしてたんだ。でもどうも解せない」と彼は早口でしゃべりながらシャツのボタンを外して、脱ぎ捨てた。「これを見てくれよ。こんなの見たことあるかい？」

最初、彼の体はみみず腫れに覆われているのだと思った。しかしみみず腫れと見えたものは、実は蠅に噛まれたあとのような赤い斑点の集まりで、そのうちのいくつかは既に膨れあがってこぶになっていた。ほとんどは——そしてとびきりひどいものは——両肩と背中に集まっていた。それらはニキビのように醜く、彼の肌は伝染病にかかったみたいにてかてかと光っていた。

「面白い」と僕は言った。

「面白いだって！」と彼は叫んだ。「梅毒みたいな有様だっていうのに、君は面白いとしか言えないのか。嬉しくて涙が出るね」

「痛いかい？」

「そんなに痛くない」と彼は言った。「今朝出がけに気づいたんだ。でもたいしたことはないとタカをくくっていた。ペトラに手を出さなかったのもそのせいさ。怖くってシャツを脱げなかったんだ」

「シャツなんか脱がなくたって、あの娘はべつに気にしなかったんじゃないかな」と僕は言った。

「そんなヤバイことできるもんか。伝染性のものだったらどうするんだよ」

彼はカーマイン・ローションをつけて、その上に丁寧にガーゼを貼った。そして次の日にはもっと悪くなっていた。それぞれの小さな嚙み傷はにきび程度に膨み、そのうちのいくつかは今にも潰れそうだった。いぼ状のおできが集まったみたいだった。それが日曜日のことだった。月曜日に僕はサー・ゴッドフリーのところに行ってジェリーは悪性の風邪にかかって授業ができないと言った。その日の午後帰宅すると、ジェリーは痛みがひどくて横になることもできないと言った。彼は午後のあいだずっとまっすぐの姿勢で椅子に坐っていたのだ。

「あのシャツのせいだ」と彼は言った。「アミーナのシャツだよ。あいつはあれに何かしかけたんだ」

僕は言った。「出鱈目言うなよ。あのシャツはジカが焼いちまったじゃないか――そうだろ？」

「あいつは僕に触った」と彼は言った。「なあドク、あれは呪いじゃないかもしれん――いずれにせよ僕は迷信深い方じゃない。梅毒をうつされたのかもしれない」

「それだといいんだが」

「どういうことだよ、それは！」

「梅毒には治療法があるってことさ」

「もし梅毒じゃなかったら？」

「我々はアフリカにいるんだぜ」と僕は言った。

それは僕の思ったとおり彼を震えあがらせた。

「背中を見てくれよ。どんな具合になってるか教えてくれ。ひどく痛むんだ」

彼は電灯の下に身をかがめた。背中はグロテスクに真っ赤に腫れあがっていた。発疹は乳頭くらいに大きく膨れあがり、変色した傷あとのようになっていた。ひとつ押してみると、彼は悲鳴をあげた。じゅくじゅくとした液が膿疱から出てきた。

「痛いよ」と彼は言った。

「ちょっと待て」つぶれたできものの中に、また何かができているのが見えた。白くもつれた塊だった。少し歯をくいしばってろよと僕は彼に言った。「ひとつ絞りだしてみるから」

それを両手の親指ではさみ、小さな白い塊をひとつ押し出してみた。そいつは膿ではなく、液体でもなかった。僕はぎゅっと押しつづけ、ジェリーはそのあいだずっと身の毛のよだつような悲鳴をあげていた。それから僕は彼の背中から絞りだしたものを見せてやった。ピンセットの先にのっているのは、生きた蛆《うじ》だった。

「虫じゃないか！」

「幼虫だよ」

「君はこういうことに詳しいんだろ。前に見たことのあるやつかい？」

僕は彼に本当のことを言ってやった。こいつは今まで一度も見たことがない。僕の読んだどのテキストブックにも載っていなかった、と。そして更に僕はつづけた。そのピンセットの先で身をよじらせているのと同じものが、君の体のできものの中におそらく二百くらいは入っているのだと。

ジェリーは泣きはじめた。


その夜、彼がベッドの中で身悶えし、うめく声が聞こえた。事情を知らなければきっとアミーナが一緒にいるんだと思ったことだろう。彼はまるで欲望にかりたてられる恋人のように寝がえりをうち、体をねじり、どすんどすんと音を立てた。そしてまた性的喜びと紙一重の苦痛を享受しているかのような、すすり泣きの声をこぼしていた。しかしそれは情熱どころか、彼の肉の中にいる蛆たちの動きに他ならなかった。朝になると彼は寝不足のために青ざめた顔で、まるで死体になったような気分だと言った。まったくのところ、生きたまま肉を喰われている男のように見えた。

文章で読む病気というのは現実に比べればいつも生易しいものである。ボーイ・スカウトたちは口で蛇の毒を吸いだすようにと教えられる。しかし蛇の嚙み傷というものは——腫れあがって黒くて感染症の腫れもののようで——それはおぞましいものなのだ。人がそんなものを正視できるとはとても思えないし、それに口をつけるなんてなおさらである。ジェリーのできものもそれと同じだった。たとえありとあらゆるテキストブックを読んでいたとしても、その醜悪さには僕はショックを受けたことであろう。それにも増して僕をゾッとさせたのは彼の顔や手がまったくその被害を受けていないという事実だった。被害をこうむっているのは首から腰にかけてと、腕の部分だった。彼の顔はげっそりとやつれて、それはそれはれものと見事なまでに対照的だった。

「医者にみてもらおう」と僕は言った。

「呪術医にな」

「馬鹿言うなよ！」

彼は息を呑んで、「俺は死にかけてるんだ、ドク」と言った。「助けてくれよ」

「サー・ゴッドフリーの車を借りよう。真夜中までにはブランタイアに着くよ」

「真夜中までもつものか」とジェリーは言った。

「落ちつけよ」と僕は言った。「僕はちょっと学校へ行かなくちゃならん。君はまだ具合が悪いって言っとくよ。午後の授業はないから、戻ってきてからどうするか考えてみよう」

「このあたりに呪術医が何人かいる」と彼は言った。「誰か一人みつけてきてくれ。奴らはどうすればいいかを知っている。これは呪いなんだ」

「たぶん白い虫の呪いかもしれないな」と僕が言うと、彼の顔色がさっと変わった。これまでの行状を思えばそんな苦しみも当然かと思ったが、彼の顔は激しい苦痛にゆがんでいたので僕は「打つ手はひとつしかないよ。蛆を出しちまうんだ。上手くいくかも知れんぜ」と言った。

「どうしてこんないまいましい土地に来ちゃったんだろう！」

彼は目を閉じて黙りこんだ。どうして故郷を離れたか、本人にもよくわかっていたのだ。

学校から帰ってみると（「君の伏せっておる友人の具合はいかがかね？」とサー・

ゴッドフリーは朝礼の席で言った)、家には誰もいないみたいだった。ジェリーが痛みに耐えかねて薬を飲みすぎてしまったのではと思って、一瞬パニックに襲われた。僕はベッドルームに駆けこんだ。彼は横向きになって眠っていた。僕が肩をゆすると目をさました。

「ジカはどこだ?」と僕は言った。

「一週間の休暇をやった」とジェリーは言った。「あいつに見られたくなかったんだ。おい、何してるんだい?」

僕はアルコール・ランプと手術道具をセットした。ピンセットや外科用メスや綿やアルコールや包帯なんかを。僕がドアを閉めてランプで体を照らすと、彼の恐怖はたかまった。

「やっぱりやめよう」と彼は言った。「君はこの虫のこと知らないんだろう。これまでにこんなの見たことないと言ったじゃないか」

「死にたいのか?」と僕は言った。

彼はしくしく泣きながらベッドに体を伏せた。僕は手術を始めるべく彼の上に身をかがめた。蛆はこの前より大きくなっており、皮膚をつきやぶってその醜い頭部をビーズ玉のように突き出しているものもいた。僕は肩胛骨のあいだにあるいちばんひどいできものを切開してみた。ジェリーは悲鳴をあげ体を弓なりにそらせたが、僕はついてほじくりつづけ、そのうちに熱を加えるとうまくいくことを発見した。シガレット・ライターを傷のそばに持っていくと、蛆は身をくねらせ、僕はそいつをゆっくりとひっぱりだした。危険なのは虫がまん中でちぎれてしまうことだった。強くひっぱりすぎると一部が残って、できものの奥で腐敗し、それが命とりになるんだ、と僕はジェリーに言った。

午後じゅうかけて僕にとりだすことができたのはやっと二十かそこらで、ジェリーは苦痛のために気を失ってしまった。彼は夕方になって目をさました。そしてベッドのわきの皿の中でくねくねと身をよじっている蛆の姿を目にして——それはひとつの白い結び目みたいに固まっていた——悲鳴をあげた。興奮がおさまるまで僕はずっと彼の体をおさえつけていた。そしてそのあとでまた作業をつづけた。

ずっと夜遅くまでそれをつづけた。正直言ってそれは、ある意味では心愉しい作業でもあった。ジェリーが人をだましたことに対する当然の報いを受けているからだというだけではない。その苦しみはどう見ても死刑囚にふさわしい苦しみだった。僕がそれを楽しんだもうひとつの理由は、僕が彼に言ったことが真実だったという点にある。つまりこれは昆虫学者である僕にとって、画期的な一大発見であったのだ。僕はそんな生きものを一度として目にしたことはなかった。

一段落したのは真夜中すぎだった。僕の手はうずき、まぶしい光で目が痛み、胃がむかむかしていた。ジェリーは既に眠りこんでいた。僕は電灯を消して、彼をその悪夢の中に置き去りにした。


朝には彼はいくぶん良くなっていた。顔色はまだ青白く、切開したできものには血がこびりついていたが、この何日かのあいだのことを思えば生気のようなものが見えはじめていた。しかし体にはすさまじい傷あとが残っていた。彼自身にもそれはわかっているようだった。まるで鞭打たれたあとみたいに見えるということが。

「命の恩人だよ、君は」と彼は言った。

「まあ二、三日様子をみなくちゃな」と僕は言った。

彼は微笑んだ。彼が何を考えているのか僕にはわかっていた。嘘つきの常として──塔のごとくそそりたつ我々の信じやすさの壁にぴたりとはりつく人間蝿に似た人士の常として──彼は今まさに言い訳を準備しているのだ。でもこれが最終答弁になることだろう。彼はここを出ていこうとしているのだから。

「僕はここを出るよ」と彼は言った。「金なら持ちあわせがあるし、夜行のバスもある」そこで彼は口をつぐみ、僕のデスクの上に目をやった。「それ、なんだよ？」

それは蛆を入れた皿で、今ではもうライス・プディングみたいにたっぷりあった。

「そんなの捨てちまえよ！」

「研究してみたいんだ」と僕は言った。「それくらいのことさせてもらう権利はあると思うんだがね。でも僕はもう朝礼に行かなくちゃ。君のこと、インキーになんて言っておこうか？」

「風邪が少し長びくかもしれないって言っとけよ」

家に帰ったとき彼の姿はなかった。部屋はからっぽで、本とテニス・ラケットは君にやるという手紙が残っていた。僕はみんなにできる限りの説明をした。彼がどこに行ってしまったのかわからないと僕は言った――それは本当のことだった。一週間後にペトラはローデシアに帰っていったが、彼女は僕にまた来るわと言った。金網ごしに話していると「あの娘はすごくやりたがってたさ」というジェリーの声が聞こえてきた。「今度一緒に馬に乗りに行こうよ」と僕は言った。

「すっごーい！」

白い虫の呪いという僕の言葉をジェリーは信じた。しかしそれはせっかちさの呪いだった。彼はせっかちにアミーナを追い払おうとし、せっかちにペトラを手に入れようとし、せっかちにアイロンをかけていないシャツを身につけたのだ。その蛆が孵化して見たこともない蠅になったときに、ジェリーがいあわせなかったのはつくづく残念なことだった。僕がいくつかを稀釈酸水に漬け、いくつかをプラスチックの容器の中に密閉し、二十四ばかりを標本箱に固定したのを見れば、僕の手際良さにきっと感心してくれたことだろう。

実に素晴らしい蠅だった。どんな本にも紹介されていない種のものではあったが、それでもその変わった形の翅（ムスリム女のマントみたいだ）や体形（胸部の上で少しちぢみ、魅力的なウェストを作りあげている）にもかかわらず、彼らのライフ・サイクルは同属の虫たちと変わるところはなかった。彼らは洗濯ものの中に卵を産みつけ、体温で幼虫が孵化し、皮膚にもぐりこんで成長するのだ。もちろん洗濯ものは常に——たとえノー・アイロンのものであっても——それを殺すためにアイロンをかけられる。アフリカを知っているもののあいだでは、そんなこと常識なのだ。

便利屋

The Odd-Job Man

毎年春の試験が終わって仕事から解放されると、その翌日にはもうローウェル・ブラッドワースと妻のシェリーは車でアムハーストからボストンまで行き、そこからロンドン行きの飛行機に乗った。ちょいと出版社との打ちあわせに、とみんなには説明したが、実のところ彼には出版社なんてついてはいなかった。ロンドン行きが始まったのは、准教授時代に『ウィルバー・パーソンズの家族書簡』の編集をしていた時からである。彼は箱いっぱいの手紙を携えてスローン・スクェアの近くに部屋をひとつ借り、窓際に腰を据え、糊と刷毛を使って手紙をひとつひとつぶ厚いアルバムに貼りつけていった。そしてそれにインクで脚注を書きこみ、個人的な所感には真紅の感嘆符をつけた。英国の学界は彼の企画を嘲《あざけ》った。彼はそれでもやめようとはしなかったけれど、シェリーは「生きてる詩人の書簡を編纂するというのは簡単なことじゃないわよ」と言った。英国の学者たちはパーソンズなどという名は耳にしたことがないと言った。それに対してブラッドワースは「ウォレス・スティーヴンズとウィルバー・

パーソンズの唯一の違いはスティーヴンズが保険会社の副社長であったのに対してパーソンズは保険会社の社長であった——今もそうですが——という点です」と言い返した。

「どうしてアメリカ人の学者はいつもいつも喉の奥に指をつっこんで、けったいな本ばかりひっぱり出してくるんでしょうな？」とある英国人が彼に言ったことがあるが、ブラッドワースは実のところこの人物に頼んで英国の出版社を紹介してもらおうと思っていたのである。まったくの話、自分の本の話を持ちだしただけでロンドン中の物笑いの種になるなんて不条理な話じゃないかとブラッドワースは思った。そしてその思いはこの本がいくぶん遅ればせながらアメリカのある大学の出版局から出版され、ローウェル・ブラッドワースに教授の地位と三万ドルの年収をもたらした後ではなおさら深まるのであった。もっとも彼が当惑したのは年収に対してであって、本そのものに対してではない。それに加えて余分のボーナスもあった。『タイムズ文芸別冊《リテラリー・サプルメント》』が彼にパーソンズのある詩集の書評を依頼してきたのだ。おかげでそれ以来何年にもわたって、ブラッドワースは「『文芸別冊』にちょいと寄稿してましてね」と口にし、出来の良い匿名批評をちょくちょく自分の書いたものだと主張することができた。

彼はロンドンが好きだったが、彼とその都市の生活とのつながりは多分に想像力にたすけられたものだった。ウィリアム・エンプソンの屋敷で盛大なパーティーがあって、ブラッドワースはエンプソンのかつての弟子のひとりとつれだってそこにでかけた（あとになってわかったことだが、実は二人のうちのどちらも招待されていなかった）。ブラッドワースがその夜ずっと話の相手をしたある年配の男はイーディス・シットウェルについての辛辣な噂話をしてくれたが、やがてそれはブラッドワース自身の話となり、後日その夏の出来事をアムハーストの同僚に話す折りには「我々はエンプソン夫妻と一緒にちょっとばかり時を過したんだが……」ということに変わっていた。彼はゴシップを無断借用し、それを逸話の域にまで拡大していたわけだ。ある夏、彼はフランク・カーモードが部屋の向こう側にいるのを見かけたが、秋が来る頃にはそれに尾ひれがついて、彼がカーモードと会って話したというところまで膨らんでいた。

九回の夏と九回の秋がこのように過ぎ去ったわけなのだが、ブラッドワースは度重なる旅行のわりに見映えのする収穫が少ないことが残念で仕方なかった。彼は確固たるものを切望していた。文学上の発見、著名な友人、名のある敵、といったようなものをだ。当然のことながら彼は学部内の同僚とはりあうことになった。彼の学部は以前より大きくなっていたし、ここ何年かはブラッドワースより年若い同僚教師たちも六月になるとロンドンに飛び、秋になると似たり寄ったりの土産話を手に大学に戻ってくるようになっていたのだ。あたたかい初秋の昼下がりには彼らはシュッツベリー通りにあるブラッドワースの「小英国《リトル・ブリテン》」に集まった。細君達はリバティー・プリントのドレスを着て芝居の題を囁きあい、子供たちはハムリイの店の玩具で遊び、男たちはアムハーストとたいした変わりはないんだといった調子でロンドンについて語りあった。「リーヴィスもすっかり老けちゃってね……」「セルフリッジ百貨店でアイリス・マードックを見かけたんだが……」「キャルの離婚話が進行中で……」この最後の話はシギンズの口から出たものだが、シギンズの話すばかげた逸話についてはブラッドワースは彼自身の話の巧妙なパロディーではないかと密かに疑ったくらいである。最近ではブラッドワースも——これはパーソンズの言葉だが——気圧されい気味だった。

それはブラッドワース夫妻がロンドン以外で休暇を送ったはじめての年だった。二人は学部の連中によってスローン・スクェアから追い立てられたのだ。ロンドンに着いた二日目に二人はポント・ストリートでクリフ・マーグリーズに会った。彼はアンガス・ウィルソンの話をした。その午後二人はバイロン展でシギンズにばったりと出会った。ブラッドワースは今ちょうど引きあげるところなんだよと言った。翌日あらためてまたバイロン展に行ってみると、アーヴィン・プライズマンがそこにいた。連中を避けるてだてはなかった。ストッパードの芝居に行くとミルバーンに出くわしたし、シェリーはビバの店でホッフェンバーグ夫妻を見かけた。ブラッドワースはそのたびに当惑を押し殺してにこやかに対応したが、心中穏やかならざるものがあった。一夏中こんな具合に連中とばたばた顔を合わすのかと思うとブラッドワースは暗い気分になったし、そんなこんなでブラッドワース夫妻は最初の週の終わりに汽車に乗ってケント州にあるフック村に行き、「こうもり谷」という名の小さなコテージを借り、休暇の残りをそこで過すことにした。

その村から一マイルと離れていないところにアメリカ人の詩人ウォルター・ヴァン・ベラミイが住んでいたのは決して偶然の一致ではなかった。ベラミイは戦争以来ずっと英国に住んでいる七十歳前後の短気な人物で、パウンドとエリオットの知人であり、また両者によって賞讃された詩人であり、毎月の電話料金に比べればニューヨークまでの航空運賃の方がまだ安いという評判にもかかわらず、自らを流刑者《エグザイル》と称している男である。ウォルター・ヴァン・ベラミイの知遇を得たいがためにフックにやってきたアメリカ人はブラッドワースが最初というわけではない。それまでにも詩人たちや、博士論文を書こうとする学生たちや、アンソロジーの編者たちがやってきたのだが、彼らはみんな同じようににべもなく追い返されていた。その恨みから彼らはベラミィはアル中だと言いふらした。ベラミィがプライヴァシーを守ろうとすればするほど、噂はますますスキャンダラスなものに膨んでいった。

ベラミィのゼミを持っているブラッドワースとしては、それらの噂の真偽をたしかめたくて仕方なかった。彼はウィルバー・パーソンズに対してあなたがベラミィに影響されたことはなかったかと何度か問いただしたことがあった。パーソンズはベラミィが自分より優れた詩人であることは認めたが、彼の話によると二人はかつて仲の良い友人であり、同じラドクリフの女子学生とデートしたこともあるということだった。今やブラッドワースの野心は噂の真偽をたしかめるとか、その人物に会ってみるという以上のものになっていた。彼の頭の中にあるものはこれまでにどんな学者も思いつかなかったような斬新な体裁の詩集を出版することだった。「ローウェル・ブラッドワース監修」のこの本はベラミィ自筆の詩——下書きや清書原稿、新たに発見された草稿やインクのしみのついた抒情詩——によって構成されるはずであった。それらはきちんと味気なくタイピングされるかわりに、堂々とした手書きのままで本に組みこまれるのだ。これはコレクターズ・アイテムになるだろう。ブラッドワースの手による前書きと同じくブラッドワースによる脚注——亡き詩人の思い出に捧げて出版される本だ。そこには詩人自らの手による削除や書きなおしや、急いで書いた字句の誤りなどが掲載されている。ブラッドワースの書く部分はもちろんタイムズ・ローマン活字で印刷される。彼の頭の中でこんな具合に本のできあがりのイメージがどんどん膨らんでいったものだから、ブラッドワースとしては自分が当の相手にまだ会ってもいないのだと思うと落ちつかぬ気分になり、一刻も早くその手書き原稿のサンプルが見たくなるのであった。

二人がフックに到着してから五、六日経った頃、シェリーが「あの人を見かけたわよ」と言った。場所は酒屋で、ベラミイは（悪い噂を裏づけるように）ジンの特大瓶を買いこんでいた。カウンターのうしろの男が「これでよろしいですかね、ベラミイさん？」と訊ね、ベラミイはもそもそと何か言って、車で帰っていった。シェリーはベラミイの様子をこと細かに説明した。髪やステッキやグリーンのセーターや車や、果てはジンの銘柄までだ。

ブラッドワースは興奮した。翌朝彼は村のクリケットのグラウンドにその車が駐車し、草の上でベラミイがくしゃくしゃのボールを投げては犬にとりにいかせているのを見かけた。

「今この瞬間ここにいるためなら教授の地位を投げ出す人だっているだろうな」とブラッドワースは言った。

詩人は犬のあとをよたよたと歩いた。

「何か言いなさいよ」とシェリーが言った。

「これは歴史的瞬間だ」とブラッドワースは言った。そして「もちろん僕の人生にとってということだけどね」とつけ加えた。

「違うわよ。あの人に何か言ってくればってことよ」

しかしベラミイはボールを投げつつ反対の方に歩いていってしまった。

「雨だわ」と空を見上げてシェリーが言った。そして手のひらを広げた。遠くの方から雷鳴が聞こえ、暗雲の下に稲妻が光るのが見えた。

ブラッドワースは英国では習慣的に持ち歩くことにしている雨傘を振って広げ、「ベラミイは傘を持ってないな」と言った。

詩人は雨に気づいてもいないようだった。彼はのそのそと歩き、興奮した犬はそのまわりをぐるぐると走りまわっていた。一瞬ブラッドワースは彼がこうしてグラウンドの端っこから眺めているときにアメリカ人の詩人ウォルター・ヴァン・ベラミイが雷に打たれて即死してしまう光景をふと思い浮かべた。その光景は彼に冷酷な喜びをもたらした。ギザギザの矢印のような雷光がベラミイの頭につきささり、詩人はよろめく。自分がクリケットのピッチをつっきって駆け寄り、跪《ひざまず》く。批評家は詩人に人工呼吸をする。ベラミイの死についての記事は素晴らしい読みものになるに違いない。しかしもしブラッドワースが彼の命をなんとか救うことができたなら、詩人は自分に深く感謝するだろうし、命の恩人をそのまま文学上の遺言執行人とするということにもなるだろう。そのふたつの役割は実質的には同じようなものなのだから。

粗い袋地のような雲の切れめから太陽がさっと顔を出したとき、その知覚できるかできないかといった雨の中をブラッドワースは走って芝生を横切り、詩人に自分の傘を差し出した。

ウォルター・ヴァン・ベラミイは、ぜいぜいという彼の息づかいにぎょっとしてうしろを振り向き、「なんの用だ?」と言った。

その荒々しい態度もブラッドワースを尻込みさせることはできなかった。「これがお入り用じゃないかとお見うけしたものですから」とブラッドワースは言った。「たまたまそこを通りかかりまして……」

「あれは誰だ?」とベラミイが言った。シェリーがビニールのレインコートをケープみたいにはためかせて、息を切らせながら二人の立っているところにやってきた。

「家内です」とブラッドワースは言った。「シェリー、こちらはウォルター・ヴァン・ベラミイさんだ」

「で、あんたは誰なんだ?」とベラミイが言った。

ブラッドワースは名を名乗った。

「わしは家に帰るところだ」とベラミイは言った。

「車のところまでお送りしましょう」

ベラミイは何か言ったが、ブラッドワースはそれが犬に向けられた言葉であることに気づいた。

「ウィルバーと我々は大の親友です」とブラッドワースは言った。

「リチャード・ウィルバーか?」とベラミイは気を許したように言った。

「ウィルバー・パーソンズです」

「知らんな、そいつは」とベラミイは言った。

ブラッドワースはパーソンズがアメリカ詩壇にいかに貢献し、そしてベラミイがパーソンズにいかに深い影響を与えたかについて弁じはじめた。「あなたがおっしゃったことの中で、人類のおぞましい……」

「なあ」とベラミイはそれをさえぎって言った。「あんた電気プラグのこと詳しいかね？」

「電気プラグ？」

「英国のプラグには色ちがいの三本の線がついとるんだが、奴らはこの前その色を変えちまったんだ。わしはどの色をどこにつなぎゃいいのかさっぱりわからん。ラルフの奴は肝心なときにはどこにもおらんし、新しい電気かみそりを動かそうとして、わしは朝から半日潰してしまったよ」

「それならまかせて下さい」とブラッドワースは力強く言った。

「そいつはたすかるな」とベラミィは言った。「今日の午後、お茶の時間どきに来たまえ。奥さんをつれてきて構わんよ。このプラグのことじゃわしも頭に来てるんだ」

ベラミィは犬を車に乗せ、さよならもありがとうもなくさっと行ってしまった。

「幸運っていうやつだなあ」とブラッドワースは言った。

「なんだか失礼な人ね」とシェリーは言った。

「もし君がベラミィのような人生を送れば、君だって失礼な人間になるさ。彼は傷を受けているんだよ、シェリー」

〈ザ・キングズ・アームズ〉というパブでランチタイムにブラッドワースはベラミィ

の家までの道を訊ねた。店主は教えかけたが、説明している途中でばたんとドアが開き、背の高い筋骨たくましい男が中に入ってきた。若い男なのに、頭は六十代の老人のようにはげあがり、Tシャツの上に皮のジャケットを着こんでいた。男はにやっと笑ってビールを注文した。

「この男がベラミイの家までのいちばんの近道を教えてくれまさ」と店主は言った。

「こっち来いよ、ラルフ」

「何だね?」とラルフが訊いた。

「ラルフはあんたのお友だちのベラミイさんとこで働いてるんだ。便利屋だね」

「夫婦でやってんだよ」とラルフは言った。「女房が家事と料理を受けもって、俺が雑用を片づける——庭仕事やら何やかやね」

「この男の気が向いたときにね」と店主が言った。

「俺の気が向いたときにさ」とラルフが言った。

「ウォルター・ヴァン・ベラミイのために働けるのなら、右腕を失ってもいいって人間が沢山いるよ」とブラッドワースは言った。

「このフックにゃそんな奴はいないね」とラルフは言って店主にウィンクした。「そうだよな、シド?」

ブラッドワースは抗議したい心を抑えた。「その近道のことだけど……」

「あ、そうそう。ほら、地図を描いてやるよ」と彼は言って丁寧に地図を描いた。通りを描いてその名を記し、矢印で道を指示し、目じるしになるものを書きこんだ。その便利屋が鉛筆で、実に念入りに一本気に仕事をする様子にブラッドワースは驚嘆し、彼が「これはビール一杯ごちそうしてもらう値打ちはあるよな」と言ったときには三パイントぶんの小銭を投げ出した。

四時半にはブラッドワース夫妻は、ベラミイの家に向かって曲がりくねった長い道を足どりも軽く歩いていた。その家には標識も立っていなければ表札もついていなかった。細い小径のつきあたりにある改装された農家で、ぼろぼろに崩れた農場の建物や屋根のない納屋や穴のあいた小屋や門がなくなってしまった金網といったものにまわりを囲まれていた。二人は玄関で、白っぽい顔をした三十前後の女に胡散臭げに迎えられた。

「奥様でしょうか?」

「奥さんはイタリアに行ってますよ」

ブラッドワースは彼女に用向きを説明した。「ここで待ってて」と女は言って鼻先でばたんとドアを閉め、ぴょんぴょんとはねるようにして家の中をつっきっていった。

彼女が階段を上る音が聞こえた。それから彼女は戻ってきて二人を階上の部屋に通した。部屋の中ではベラミイがとりちらかったテーブルに向かって坐っていた。テーブルの上に、紙や未開封の手紙や本の山やワインの瓶やグラスや、コードがむきだしになった電気かみそりなんかが所狭しとちらばっていた。

「すぐに修理できますよ」とブラッドワースは言った。彼は電気かみそりを手にとって調べるふりをし、その先にある青インクの詩句を連ねた紙片の束に目をやった。彼の心は躍ったが、それはかつて想像したような単純なスリル（「一度ウォルターが僕に走り書きの原稿を見せてくれたんだけどね……」）ではなかった。その原稿の中に彼は自分の本の完成した姿を、走り書きを集めたアルバムの姿を見出していたのである。

「ドリス」とベラミイは女に向かって言った。「グラスをふたつ持ってきてくれんかね」

ブラッドワースはプラグを分解し、電線をむしりとり、「お仕事に集中してらしたようですね」と言った。

しかしベラミイはじっとプラグに視線を注いでいた。「なんで電気かみそりにプラグをつけて売らんのだ？　それでは簡単すぎるというのか」

ブラッドワースは繰り返した。「お仕事に集中してらしたようですね。新しい御本ですか？」

「なんだって？」とベラミイは言った。「ああ、こりゃ暇つぶしだよ。女房が旅行中でな。女房がおらんときにはものを書くんだ」

「ローウェルも物書きなんですのよ」とシェリーが言った。

「ロバート・ローウェルのことかな？」とベラミイが言った。

「いいえ――私のことです」とブラッドワースが言った。「生活のためや何やらで、いささかの教師活動を副業としてはおりますが。そう、パーソンズのものを編纂致しましたことはさきほど申しあげましたね。私は詩人を世に紹介し読者を集めることができればと思っているわけです。人々はそれを批評《クリティシズム》と呼びますが、私自身はそれを紹介《プレゼンテーション》であると考えています。それから」――ブラッドワースは一本のコードからビニールの外被を嚙み切った――「書評なんかも沢山やってます」

「そうかね」とベラミイは言った。

ブラッドワースには自分が彼の興味を引くことができなかったことがわかった。彼は深く息を吸いこんだ。「実を申しますと、あなたの御本の批評をしたこともあります」

「そいつは妙だな」とベラミイは視線をプラグからブラッドワースに向けた。「君の名前に心あたりがない」

「無署名のものなんです。でもそれは『文芸別冊』に載せたものですからたぶんお目には――」

「『文芸別冊』だって？　それは一年くらい前に出た『絡まり』の書評のことか？」

ブラッドワースは躊躇しなかった。彼はコードの最後の一本をプラグに接続し、「そうです」と言った。

ベラミイはもつれる足で立ちあがり、ブラッドワースの手からプラグをひったくった。彼はそれをまるで手榴弾みたいな格好で握りしめ――ブラッドワースは彼がそれを投げつけるんじゃないかと思った――荒々しい口調で言った。「かみさんをつれてとっとと出て失せろ。おい、ドリス！」（彼女は両手にワイン・グラスをひとつずつ持って戸口につっ立っていた）「この方々をお見送りしろ。それから、あんた」と彼はブラッドワースに向かって言った。「あんたのわけ知り顔の文章はまさに中傷だぞ。俺がどうにも我慢できんのは――」

ブラッドワースは最後までは聞かなかった。ベラミイは大柄な男だったし、怒るともっと大柄に見えた。エズラ・パウンドがベラミイにボクシングを教えたという話だってある。ありそうなことだ。パウンドがヘミングウェイとスパーリングをしたのは有名な話なのだから。ブラッドワース夫妻はとんで逃げ帰った。

道すがら二人は足を止めてその家に最後の一瞥をくれた。家の中には灯りがついていた。悪天候がずっと尾を引いているせいで夕暮前だというのにあたりはすっかり暗くなっていたのだ。しかし二人が見ている前で、全ての灯りが一瞬のうちにパッと消えてしまった。そして家の中から詩人が吠える声が聞こえた。

「プラグだ」とブラッドワースは言った。「僕は何もかもをごちゃごちゃにしちゃったらしい」

ブラッドワースはベラミィにきちんとした弁明の手紙を書こうかとも思ったが、このような事態に至っては、手紙程度で片がつくとも思えなかった。シェリーは「忘れちゃいなさいよ、あなた。あれはとんでもない失敗だったたし、くよくよ考えたって仕方ないわよ。ロンドンに戻って芝居でも見ることね」と言った。

「そしてシギンズやマーグリーズやプライズマンに会うってわけか……」ブラッドワースはぞっとした。ロンドンに戻ることは即ち学部に戻っていくことなのだ。

「でも私たち、ここにはいられないわよ。あんなことがあったあとではね」

「僕は手ぶらじゃ帰りたくない。あと二、三日ここに居させてくれよ」とブラッドワースは言った。

二人はそれ以来ベラミイの姿を見かけなかった。ブラッドワースは彼の車や、彼の犬や、その他あらゆる彼の関係物に注意していたが、詩人は彼の改造農家に籠ったままだった。ブラッドワースは彼に会えないものかと、じとじとと湿った原っぱを散歩した。自分の不手際を帳消しにできる状況を彼は想像した。詩人が溺れたり、どこかで転んで脚を折ったり、ブラッドワースが修理できそうなタイヤのパンクを呪っていたりするといった状況をである。また雨が降るかもしれない。雷が落ちて体の一部が動かなくなるかもしれない。しかしそのような機会は訪れなかった。シェリーが風邪をひいてしまったので、ブラッドワースは一人で歩いた。彼女は「こうもり谷」荘の電気ストーブの前に坐り、本棚にあったディック・フランシスの小説を読んでいた。

ある日の夕方、ブラッドワースは妻をコテージに残して一人で〈ザ・キングズ・アームズ〉に行き、そこでラルフに会った。「あんたに脳味噌というものがあるんなら、農場には近づかんこったな」とラルフは言った。

「怒ってるんだろうね」

「三日間ってもの爆発しっぱなしさ」とラルフは言った。「なんでだかは知らんが、でも奴《やっこ》さん、ドリスと俺にあたり散らす。いやね、俺はいいよ。俺は奴さんに面と向かってうるせえって言えるからね。でもさ、女房はそうじゃない。じっと我慢してるしかねえんだ。まったくひでえことをしてくれる。アメリカ人にはうんざりだね」

何と言えばいいのかブラッドワースにはわからなかった。それで結局「ベラミイは才能のある詩人なんだが、どうも悪い評判が立っていてね、僕は彼の役に立ちたいと思ってるんだ」と言った。

「あんたはたいした役に立ってるよ」とラルフは言った。「奴さん、電気屋を呼んで電灯の修理をさせなくちゃならなかったよ。あんたがでたらめなことをしたおかげでさ」

「アメリカ人の詩人にはね」とベラミイのことで頭がいっぱいのブラッドワースは言った。「アメリカ人の批評家とアメリカ人の読者が必要なんだ」

「なあ、あんた、アメリカのドッグ・フードの三分の一は人が食ってるってホントかい？」とラルフが訊いた。

「ホントじゃない」とブラッドワースは言った。

「そんな話どっかで聞いたんだけどな」とラルフが言った。「俺は思うんだけどさ、問題はさ、うちの女房の鼻がまったくきかないってことなんだ。だからものを焦がしちまう。つまりさ、鼻のきかねえ人間が料理作るってのは大変だって俺は言いたいんだ」

「そんな話って聞いたことないな」

「生まれつきそういう人間もいるんだよ。それでベラミィ爺さんは食いもののことでいつもどなりたてるんだ。塩がききすぎてるとか、焼きすぎだとか、生焼けだとかね。女房の体が不自由だってのに、あいつはどなりつけるんだよ。思いやり？　そんなものあいつには爪の先ほどもないやね——あるのは詩だけさ」

「どうして我慢してるんだい？」

「俺はプライドを持って仕事をしてる」とラルフは言った。「それに何しろ給料がよくってな。ベラミィはしこたま金を持ってる。まったくおたくらは金持ちだよ。ふん、あいつが書いてるくらいのものなら俺だって書けるってのによ！　あいつの書いたものの読んだことあるか？」

「大学で教えてる」とブラッドワースは言った。

「ひでえ詩だよ」とラルフは言った。そして歌うような声で暗唱をはじめた。「私は道を歩いていた。そして二頭の雌牛を目にした。空は緑色に変わった。叔父は私を嫌っている。おお、おお、おお。雌牛たちのことを覚えている。ふむふむふむ。我が恋人はむくんだドラム缶みたいに揺れている」

「ベラミイはそんな詩は書いちゃいない」

「そうかい？　俺は読んだぜ。最低の出来のゴミだね。そんなの俺にだって書ける。実際に書いてんだぜ。一度か二度やってみたけど、悪い出来じゃなかった。詩だよ」とラルフは言ってニヤッと笑った。「俺の推測だけどさ、あいつはきっと人を雇って詩を書かせてるんだと思うよ。金をしこたま抱えこんでさ、それでうんざりするような連中があたりをうろつきまわるんだ。『それに触るな、これに触るな』ってうるせえったら」

「あの人の本なんて読んだこともないんだろう？」とブラッドワースは言った。

「読んだどころじゃねえよ」とラルフは言った。「本なんて序の口、ばっちりと拝見しちゃってっからね。机の上の原稿とか、走り書きした紙とかさ。『我が恋人は道を歩き、二頭の肥えた雌牛を見た』ってやつさ。『チッケンゾーラ、お父さんは元気かね？』俺はばっちりと読んだよ。ひでえ代物だ」

「信じられないな」

「信じなくていいよ」とラルフは言った。「あいつに雇われているんじゃなかったら、俺はちょっくら講演でもぶってやるよ。教会のホールか何か借りてさ、『これが大詩人の誉れ高いベラミィ氏の真実の姿です』ってな。あの野郎ぶっとんじゃうぜ」

ブラッドワースは言った。「あのね、もし僕がね、ここでひとつ『証拠を見せてくれ』って言ったらどうする？」

『なんのために？』って訊くよな」

「興味があるからってことかな。君にチャンスをあげたいんだ」とブラッドワースは言った。「ずいぶんひどい目にあってきたようだしね」

「物入りになるかもしれんよ」

「幾らくらいだね？」

「まあ、そうだな、十ポンドじゃきかないよな」

「十五出そうじゃないか」とブラッドワースは言った。

「三十でいこうや」とラルフが言った。

「それは吹っかけすぎっていうものだよ」

「おいおい、俺はね、誰の子分でも家来でもねえやな。うちの女房は奴に何を言われてもじっと耐えてる。ベラミィは便利屋ってのは頭ごなしにどなりつけるもんだと思ってやがる。でも俺はな、ちゃあんと自分の仕事はするし、どなられりゃどなりかえす。俺は誇りを持って仕事してんだよ。たとえそれがどんな仕事であれ、俺は誇りってのを持ってやってんだよな」

　ラルフが泥酔していることはブラッドワースにもわかった。彼は用件を手短かにまとめることにした。「話をきちんとさせようじゃないか。僕が望んでいるのは、彼の下手な詩のサンプルをふたつみっつ、君が持ってきてくれることだ」

「いいかね」とラルフは言った。「五十ポンドにしようや。そうすりゃ俺はブッシェル・バスケット〔訳注・一ブッシェル入る丸かご。一ブッシェルは約三十六・三七リットル〕にいっぱいの糞原稿をかついで持ってきてやるぜ！」

　その夜、ブラッドワースは妻にラルフのその突拍子もない話を聞かせた。シェリーは怖がったが、ブラッドワースは言った。「我々に対する彼のしうちを思い出してごらん。こっちはまるっきりの親切心でたずねていったっていうのに、家から叩き出されたんだよ。それなりの報いを受けるのも仕方あるまい」

「私、ラルフの顔つきがどうも気に入らないのよ。あの人たぶん信用できないわよ」

「たぶんね」とブラッドワースは言った。「でもね、生原稿や走り書きメモのことを考えてごらん！　そりゃ純金にも等しいんだ！　そしてもしあいつがまともな人間だったらどうするね」

翌日、〈ザ・キングズ・アームズ〉にはラルフの姿は見えなかった。ブラッドワースはランチタイムにそこに立ち寄り、また六時半に来て閉店までいた。彼はいつ果てるとも知れぬダーツのゲームを見物し、リンゴ酒で気分を悪くし、そしてこの計画そのものが妻が言うようにとんでもない間違いだったのではないかとふと思った。しかし批評家のルールと詩人のルールは別のものだし、詩人が無慈悲という名で呼ぶものに批評家はべつの名前を与えるかもしれない。ブラッドワースは便利屋ラルフに同情した。彼の仕事と批評家の仕事のあいだには共通点がある。どちらも詩で一家をなした一人の男から命令を頂き、詩人の世界の隅っこの方に立って、そのどなり声を聞き、詩ができあがるのを待つのだ。しかしもし批評家がずかずかと歩いていって、詩人の鼻先から詩をひっつかんできたとしたら、どんなものだろう？　そんなことをした人間は——今のところ一人もいない。ブラッドワースは今批評の未知の辺境に立っており、そこは危険に充ちた場所であった。そこでは通常のやり方は通用せず、巧妙な術策と戦略、そして諸事雑用をこなしていく手先のコツが必要とされるのだ。彼はそのような思いを抱いてベッドに入ったのだが、シェリーが一晩中咳をしていたせいで、一睡もすることができなかった。

「丸一日ここに姿を見せんなんてラルフらしくないな」と翌日、店主のシドが言った。

「たいした用ってわけじゃないんです」とブラッドワースは言った。そしてひょっとしてラルフが裏切ってベラミイに事の次第をぶちまけたのではないかとふと思って、ひとしきり冷や汗をかいた。

閉店の時刻になったので店を出て道を歩いているところで、ラルフにばったりと出会った。「おいおい、逃げるつもりじゃなかろうな」とラルフは言った。

「もう来ないんじゃないかと思ったんだよ」

「ばっちり持ってきたぜ」とラルフは言ってシャツの腹をぱんぱんと叩いた。シャツの下にかさこそという紙の音が聞こえたので、ブラッドワースの胸は興奮にふるえた。彼の序文は決定的なものとなるだろう。本は箱入りにする。二十ドルにはなるだろうな。「人目につかねえ場所に行こうぜ」とラルフは言った。

二人は教会の墓地に行くことにした。そこなら墓石のかげになる。「昨日《きのう》は女房の具合が悪くてな」とラルフは言った。「なんかこう、ぐっと落ちこんじまうのさ。うちあけた話、その原因はおっぱいのことなんだよ。女ってのはよくわかんねえよな。俺は年中女房に、おっぱいなんて垂れてあたり前だって言ってるんだ。まわりを見ろよ、同じようなおっぱいをつけた女なんて、世の中にうようよいるじゃないかってね。でもあいつは――」

「詩はどうなった？」とブラッドワースが口をはさんだ。

「せかすなって」とラルフが言った。「自分の問題じゃなきゃ、他人がどうなったって構わないってのかよ？　それじゃベラミイの野郎と同じじゃないか」

「夜行に乗るんだよ」

「まず金だ」

ブラッドワースは五枚の五ポンド紙幣を抜きとり、あと一ポンド紙幣を五枚数えてラルフの汚ない手の中に押しこんだ。

「四十にしないか？　あんたたんまり持ってんだろ？」とラルフが言った。

「三十で話はまとまってるんだ」。ブラッドワースは、便利屋を相手にこんなことをやっているのがつくづく情なくなった。

「まあよかろう」とラルフは言ってシャツのボタンを外し、しわのついた茶色の封筒をとりだした。「俺の苦労もわかってほしいね。いろいろと面倒なことになりそうだったんだぜ。でも俺はドリスに言ったよ、『三十ポンドだぜ、三十ポンド』ってさ」

そして封筒をブラッドワースに渡した。

「君が約束を守る男で良かった」とブラッドワースが言った。

「だって、あんたこれがすごく欲しかったようだったからね」

ブラッドワースは便利屋と握手をし、シェリーに結果を告げるべく「こうもり谷」荘に急いだ。しかしひとつには不安から、そしてもうひとつは縁起をかつぐ意味で、彼は汽車がホップの茂るケント州の平原を走り出すまで封筒を開けなかった。最初彼は自分が一杯喰わされたのだと思った。十枚ばかりの畳まれた紙片はどれもこれも白紙に見えたからだ。しかし真っ白なのは一方の側だけで、その裏側にはタイプされた詩句《スタンザ》のぐしゃっと潰れた矩形や、不揃いで斜めに傾いた行《ライン》や、ひどいタイピングのおかげで山や谷だらけの語句が並んでいた。そして手紙がついていた。

「すごく手間がかかったことはわかってもらえると思うけどでもとりひきはとりひきだしな、タイプするのにまるいちんちかかっちまったぜ、もっとこういうのがほしいんならいつでも金もってきな！　R・タンネル拝。追伸、俺の書いた詩をひとつ入れとくから比べてみなって」

酔払ったタイピングとつづりの間違いのおかげでそれらの原稿はブラッドワースにはもう何の値打ちもなかったけれど、それでも詩の美しさそのものには変わりはなかった。それを読んでいると目が痛んだので、彼はラルフの書いた詩にちらっと目をやった。その詩はこんな具合にはじまっていた。

便利屋とは俺のこと
裸足でぶらぶら歩きまわり
材木使って柵作り
食用豚も育てます

悪党め、と彼は思ったし、その怒りは英国にいる四日のあいだずっとつづいた。しかしアムハーストに戻ってくると彼は気をとりなおし、学部の同僚が一杯やりながらそれぞれの収穫を見せあっているときに（ウォーターフォードのクリスタル、ダニエルによるウィックの版画、『ハワーズ・エンド』の初版本）、ブラッドワースはおもむろに紙ばさみをとりだし「僕は未公開のベラミイの草稿を手に入れたよ」と言った。「それから新人の詩人の作品もね。彼は地方作家なんだが、実に力を持っている」プライズマンはちらっと流し目で一瞥し、マーグリーズは作り笑いをし、他のものはじっと息を呑んだ。彼はその夏の収穫のページをぱさぱさと音を立てて繰った。しかし一同を納得させるためにその詩をみんなにまわしているあいだ、俺はどうしてこんなけったいな仕事をしているんだろうと、ブラッドワースはつくづくと思うのであった。

（訳者からのメッセージ）

原題は“The Odd-Job Man”で、これは訳どおり「便利屋・半端仕事をするもの」の意味。“odd”には「半端」の他に「奇妙な」の意味もあって、最後でブラッドワース氏はそのふたつの意味をクロスオーバーして批評家稼業を“oddest job”と自嘲しているわけである。もっとも現実的には自嘲する批評家の姿を目にすることは稀であるようだが。

なおラルフ・タンネルの詩は宿命的なミススペリングに彩られている。原文は、

The odd-job man thats me
Messing around in my bear feat
Can make a stie from some tree
Raise up pigs for the meat.

となっている。何度も読んでいるうちに悪くない詩のように思えてくるから不思議である。

あるレディーの肖像

Portrait Of A Lady

これでもう百回も、ハーパーは自分に言いきかせていた。俺はパリにいるのだ、と。最初のうちはわくわくした気分でそうつぶやいていたのだが、やがて日が経つにつれ、失望の色の混じった、殆んど不信に近い感情をこめた口調へと変わっていった。それは自分の恋人がもう姿を現わさないと悟った女の、自棄的な苦々しい口調に似ていた。そしてその街に対して疑念を抱くことで、彼は自分自身に対しても疑念を抱くようになった。

彼はパリで多額の現金を手渡されるのを待っていた。それを受けとって合衆国に持ち帰るように命じられていたのだ。それが彼の仕事の全てだった。早い話が運び屋《クーリエ》である。このテクノロジーの時代に、かくのごときシンプルな生身の人間の作業、ロマンスへの回帰が必要とされているわけだ。百年前の人間がやっていたのと同じように自らのビジネス――金、書類――を彼は抱えていた。それは細心の注意を必要とする物事であり、加うるに違法だった。

ハーパーがその職に就くことができたのは、忠実さと頭の回転の速さ故だった。雇用主は彼に正直さを要求していたが、それだけではなく、ずるさもまた必要なのだとほのめかしていた。彼は飢えてもいなかったし、職も求めていなかったので、そのあたりが雇用主の気に入られたわけである。それに加えてハーヴァード・ビジネス・スクールを出たばかりのハーパーは、不動産投資に情熱を抱いていた。不動産投資とはパリのイラン人から、アリゾナのスーパー・マーケットかハンバーガー・チェーンに投資するための八万五千ドルを、使い古しの百ドル札の札束で受けとり、それを薄型のブリーフケースに詰めてボストンのオフィスに運ぶことなのだと彼が発見したのは、あとになってからだった。イラン人たちはたぶんハンバーガーなんて口にすることもあるまい——おそらくそれは他のいろんなものと同様に彼らの宗教に反しているのだろう。金というものは（とハーヴァード・ビジネス・スクール出身の彼は説明を受けねばならなかった）空港の安全チェックでバッグの上からX線をあてられても、洗濯もの同様に影ひとつ浮かばないし、たたまれた沢山のハンカチ同然のものなのだ。

俺は今パリにいる。しかしその街を最初に見たときに受けた印象が、唯一変わらずに残った。それは、パリにはところどころハーヴァード・スクェアに似た場所があるということだった。

妻には次の週末までには戻ると言って、日曜日のパリ行きの飛行機に乗った。彼としては月曜日には現金を受けとれるものと信じきっていたのだ。そして一日のんびりし、水曜には帰宅して妻を驚かせる。彼女は玄関でニヤニヤしている彼の姿を見て、「あら、ずいぶん早かったじゃない」と言うことだろう。

月曜日が休日だということを彼は知らなかった。おかげで早くこの一日が終わってくれと祈りつつ、腹立たしい気分で街を歩きまわり、時間をつぶすことになった。火曜日にはアンダーショーの事務所が閉まっていた。アンダーショーというのはそのイラン人の代理人をつとめている英国人（まったくいろんな人間がおこぼれにあずかっているもんだ）である。ハーパーのブリーフケースは調子っぱずれに軽いままだった。午後に電話をかけてみた。電話は話し中だったので、これならと思ってタクシーに乗り、オフィスまで行ってみたのだが、オフィスの状況は朝と同じだった。鍵がかかり、ほこりで汚れたガラス窓には書きおきひとつない。水曜日に彼は飛行機の予約をキャンセルし、もう一度出かけてみた。今度は共同受付にいた秘書に会えた。彼女はアンダーショーの名前を知らなかったので（臨時雇いなんです、と彼女は言い訳した）、ハーパーは「至急」と表書きしたメッセージを残してアンヴァリッド近くのホテルに戻り、電話のベルが鳴るのを待った。やがて彼は自分が電話番号を教えてきたことを後悔した。そのおかげで彼は、自室でじっと待機していなければならなかったからだ。電話はかかってこなかった。妻に電話をかけてみたが、うまくつながらなかった。電話が故障しているのだろうか？　木曜日には三度オフィスに無駄足を運んだ。そのたびに秘書は彼に向かってにっこり微笑んだが、その目には憐れみの色が浮かんでいるように思えた。彼女の視線を浴びると、彼は自分のしわだらけの服の中に、ある種の焦りがあらわれているのを認めて、それで居心地悪くなった。

「ブリーフケースをお預りしましょう」と秘書が声をかけた。彼女はいくぶんそっ歯気味で、骨ばっていて、彼が頭に思い描いていたようなフランス人とは違っていた。

ハーパーはブリーフケースを手渡した。鞄が異様に軽いのに気づくのが遅すぎて、彼女はそれをうまくつかみきれず、危うく落っことしてしまうところだった。鞄が空っぽであるという秘密を知られたことで、取引の内容もばれてしまっただろうかとハーパーは思った。空っぽのブリーフケースを持ち運ぶ男なんて、いかがわしい計画にかんでいるに決まっている。

通りに面したドアが開いて、一人の男が中に入ってきた。この男がアンダーショーかもしれないとハーパーは思った。しかし違う。その男は若かったし、すぐにわかったことだがアメリカ人だった。鼈甲《べっこう》縁の眼鏡や、新しいレインコートや、あけっぴろげな顔つきや、脚を開いて坐るところや、靴や、その靴でこんこんと音を立てるところでわかる。きびきびと詫びる部分と無邪気な傲慢さが、ひとつの体の中に同居しているのだ。坐ったまま彼は秘書にフランス語で話しかけた。秘書は英語で返事をした。彼は彼女に自分の名前を告げたが、ハーパーにはそれは「バムガーナー」というように聞こえた。彼はハーパーの方を向いて「たいした街だね」と言った。

　俺自身もその賞讃の中に含まれているらしいとハーパーは思った。「とてもいいところだね」と彼は言った。

　バムガーナーは腕時計に目をやり、指を折って勘定し、「今日の午後にルーヴルに行きたかったんだけどな」と言った。

　次はこう言うんだろう、一週間通ってもルーヴルを全部見ることはできないよ、と。

　しかしバムガーナーはこう言った。「おたくはアメリカのどちら？」

　ボストン、とハーパーは言った。メルローズと言うよりは説明が少なくてすむ。

「僕は、デンヴァー」とバムガーナーは言い、ハーパーにその町を賞める間も与えずつづけた。「詩の奨学金もらってここにいるんだ。国家芸術助成金でね」

「詩を書いてるんだね？」しかしハーパーが考えたのは、自分の払う税金がこの若者の詩や、眼鏡や、新しいレインコートに費されているわけかということだった。

バムガーナーはにっこり微笑んだ。「これまでにいっぱい発表したし、もうすぐ本一冊ぶんになるよ」

秘書は母国語でべらべらとしゃべっている二人をじっと見ていた。バムガーナーはハーパーのみならず彼女に向けてもしゃべっているように見えた。

「ここに来てからずっとひとつの長い詩にかかっているんだ。それはシンプルなものになるはずだったのに、結局ヨーロッパの歴史になっちゃってね。それに僕の自伝的なところもある」

「どれくらいパリにいるの？」

「学期ふたつぶん」

なるほど、そんなものだろうよ、とハーパーは思った。

「おたく詩に興味ある？」とバムガーナーが訊いた。

「カレッジであたり前のものを読んだだけだよ。イェイツ、パウンド、エリオット。『四月は残酷な月だ』」バムガーナーは話のつづきを待っているようだった。ハーパーは「パウンドの詩にはナイーヴな経済理論がつまっているね」と言った。

「現代詩のことを訊いたんだけど」

「パウンドとかエリオットは現代詩なんじゃないのかい？」

「エリオットはいわばもう遺物《バックナンバー》だね」とバムガーナーは言った。

ハーパーはその言葉に傷ついた。彼はかつてエリオットが好きで、会計学やマーケティングの講義の息抜きにしていた。それは慰めでさえあったのだ。

「おたく、ヨーロッパのことどう思う?」とバムガーナーが訊いた。

「そりゃむずかしい質問だね。『科学は善か?』くらいにね」しかしバムガーナーが、からかわれたのかなというような用心深い顔をしているのを見てつけ加えた。「僕はホテルとこのオフィス以外、殆んど何も見てないんだよ。なんとも言えないな」

「年老いたヨーロッパ」とバムガーナーは言った。「ジェームズはそれが人の心を腐敗させると考えた——デイジー・ミラー、ランバート・ストレザー。僕もそれについてはいろいろと考察してみた。でもヨーロッパが我々に何かしら作用を与えてくれることはたしかだ。自由。巨大な歴史。眺望」

「アメリカよりもっと自由な土地があるとは思えないな」とハーパーは言った。

「コロラドに行ったことある?」

「いや」とハーパーは言った。「でもヨーロッパ人たちはきっと行くはずだよ。そしてそれと同じ理由で、ヘンリー・ジェームズの小説の人物たちもここに来たんだよ。逃げだし、自由を発見し、違った生き方をするためにね。ここはずいぶん息苦しいところじゃないか」

「事情によりけりさ」とバムガーナーは言った。「フランス娘と知りあってね、一緒に暮らしてるんだ。それでここにいるってわけさ。つまり、この弁護士に会いに来たんだ。妻と僕はべつべつの道を歩むことに決めてね」

「そりゃどうも」。彼はいつか国に帰ることだろう、とハーパーは思った。そしてここでの愚行を後悔することになるだろう。

「そういうんじゃなくてね、僕たちはサッパリと別れるんだよ。この先もずっと友だちでいる。ボウルダーの家は売る。子供はいない」

「これは弁護士のオフィスなのかい?」とハーパーは訊ねた。

「そうだよ。おたく、場所間違えたの?」

「故郷を離れたら、どこもかも間違えた場所のようなもんだよ」とハーパーは言った。

「僕は仲買業でね、まだ恋に落ちちゃいない。本当のこと言うと、一刻も早くこんなところにおさらばしたいんだ。君の弁護士はアンダーショー?」

「アンダーショーって知らないな。僕のはヘプラーって言ってね、スイス人さ。友だちの友だちなんだけど」それからバムガーナーは「パリは悪くないぜ」と言った。

「パリはひとつの可能性さ、でも新しい可能性じゃないな」とハーパーは言った。

「妻に電話しようとしたら、電話は通じない。ここの連中はどこに駐車している？　レストランは目玉がとびでるくらい高いし。こんなの都会と呼べるかい？」

バムガーナーは鷹揚に笑って、反論はしてこなかった。パリに魔力を感じるアメリカ人――詩人――がまだいたなんてハーパーにはちょっとした驚きだった。しかしこの詩人はただ乗り《フリー・ライド》をしている。誰が金を払っているんだ？　こんなところに暮らせるのは、ビジネスマンと助成金をもらってる学生くらいのものだ。前日ハーパーは小さなレストランで食事をした。料理の量は少なく、ウェイターは無礼で、テーブルはごたごたと混みあっていて、彼の脚は狭いところに押しこめられたおかげで痛んだ。食事はワインつきで四十七ドルだった。詩人がクレジット・カードを持っていても不思議はない。そういう世界は彼にも理解できたが、まさかこんなところでお目にかかることになるとは思わなかった。

少しあとで、一人の長身の男が入ってきた。バムガーナーの弁護士だった。彼の姿を認めると、バムガーナーはそのあとを走って追った。ハーパーは詩人が自分のことにほとんど興味を示さなかったことを不快に思い、「エリオットはいわばもう遺物《バックナンバー》」という言葉が胸にこたえた。離婚――彼はそれを詩にすることだろう。それを箱の中の標本のように扱い、それで許されると思っているのだ。しかし他のもの――壊れた電話や、レストランや、尻が入りきらないバスタブや、丸太みたいに固い長枕や、経費の計算や、クレジット・カード——そんなものは詩にならないだろう。むさくるしいし、韻も踏めない。国に帰れよ！　ハーパーはバムガーナーに向かってそうどなりつけたかった。ヨーロッパはカナダよりも退屈だぞ！

ハーパーが立ちあがって行こうとすると、秘書が舌先でコンという哀し気な音を立てた。ハーパーはブリーフケースのことなんてすっかり忘れていた。空っぽの鞄なんて殆んどどうだっていいようなものに思えた。彼は妻のことを考えていた。

金曜日、十時半にアンダーショーが電話をかけてきた。それはあまりの退屈さに朝寝坊するようになっていたハーパーが、まさにホテルの部屋を出ようとしているときだった。旅行で街を離れていたのだとアンダーショーは言ったが、とくに謝っている風はなかった。

「モノを取りに来たんです」とハーパーは言った。本当はこう言いたかった。あんたが現われるのを待って俺は一週間無駄にしちまったんだぞ、と。「札束を今日受けとりたいですね」と彼は言った。

「話のほかだね」

ハーパーは押してはみたが、強くは出られない。そもそも取引は違法なのだ。

「こういうのは時間がかかるんだ、来週までは大したことはできない」とアンダーショーは言った。

「じゃあ月曜日は？」

「はっきりしたことは言えませんね」とアンダーショーは言った。「あなたのホテルに伝言をしときましょう」

そんなの冗談じゃないぜ、とハーパーは思った。しかし抗議はできなかった。彼は運び屋《クーリエ》であって、それ以上の何ものでもないのだ。アンダーショーは彼に何ひとつ説明する義務はないのだ。

ハーパーはひとつの仕事を片づけるためにこの街に来たのであって、それが片づかないうちは彼の想像力は働かなかった。精神をこの一事に集中させてきたもので、それが頓挫してしまうと他の何かに頭を向けるということができない。彼は半端な状態に釘づけされていた。彼のボスはぶらぶらするべく彼をここに送りこんだのだ。パリはひどく狭い街に感じられた。

パリで時間をつぶしているとハーパーは子供の頃を思い出した。絶え間のない無力さがもたらすびくびくした気持ち。少年期というのもまた異国なのである。その国は謎めいた人々によってこのように統治され、人々は自分たちの計画をいちいち彼に説明したりはしない。そこには彼の知らないルールがあるのだろうと子供時代のハーパーは想像していた。そこには決まったルールというようなものはなくて、ただその場しのぎの礼儀があるだけだということを知ったのは、大人になってからだった。子供が相手にされないのは、子供が力も持たず脅威も与えないからなのだ。それを理解するのに彼の場合、二十八年かかったというわけである。何かを待つ――しかし何かを待っているということを他人に悟られない方が、おそらくその当人にとって都合が良いだろうし、惨めな思いも少なくてすむ。子供たちは無知な存在だった。大人の力強さは、苛立つ思いを外に出すまいとする威厳の中にひそんでいる。女性の場合はその辛さはひとしおである。今ではハーパーも妻に向かってこう言うことができそうな気になっていた。君の気持ちがよくわかるよ、と。

週末はおぞましいものだった。カトリック教国の日曜日は、無神論者を人気《ひとけ》のない通りに放り出すことで彼らを罰するのだ。ハーパーは居心地が悪かった。彼はバムガーナー以外には誰一人として知りあいもおらず、そのバムガーナーは独善的で幸運にめぐまれた人物で、おそらく彼の「愛人《ミストレス》」――そのコロラド出身の詩人ならそれくらいの馬鹿げた言葉を使いかねない――とベッドに入っているに違いない。ハーパーは一人でベッドに寝転び、壁紙の模様の反復を細かく点検していた。そして、泊ったホテルの壁紙のことを覚えている旅行者くらい孤独な旅行者はいまい、という思いに打たれた。じっとしていることに疲れ果て、家に帰りたいと思った。
　彼はその街に対して全てをさしだすつもりでいたのだが、それを受けとろうとするものはいなかった。旅行者なんてみんな器量の落ちた年増《としま》女みたいだと彼は思った。異国は気を引くようなそぶりを見せ、それからじらせ、他所《よそ》ものを愚弄するのだ。自分の国にいればそこまでコケにされる危険《リスク》は少ない。ルールが呑み込めているからだ。レディー然とふるまい、威厳を損わずにいればいいのだ。しかしそのように思う一方で彼は、ロマンスや思い出をもたらしてくれるかもしれないリスク、予測できるリスクから自分が身を遠ざけているのだということがよくわかっていた。他所ものの日曜日というのはまさに地獄だ。

　あなたのホテルに伝言をしときましょう、とアンダーショーは言った。それは命令だった。だからハーパーは月曜日はホテルの中でぶらぶらとしていたのだが、悪事を働いているような気がして、外に出て『ヘラルド・トリビューン』を買った。すると今度は自分が救いがたい怠け者であるように感じられた。五時になっても伝言はなかった。彼は散歩に出ようと決心したが、外に出るとすぐに、自分の足がアンダーショーのオフィスの方に急いでいることに気づいた。

「いらっしゃいませんけど」と秘書は言った。ハーパーが口を開く前から彼女にはその用向きがわかっていたのだ。

恥ずかしさをとりつくろうために、ハーパーは言った。「いないのはわかってたよ。君の顔が見たくて寄ってみたんだ」

娘は微笑んだ。彼女は書類と封筒と鍵とをバッグに詰めこみはじめた。

「一杯御一緒できないかって思ってね」と口からでまかせに我ながら驚きつつハーパーは言った。

彼女はちょっと頭を傾け、肩をすぼめた。それはイエスでもなく、ノオでもなかった。彼女はコートを手にとり、ドアの方に歩きながら電灯を消した。ハーパーはそれがどういうことなのかまだよくわからなかった。とうとう女の方があきらめたように「行きましょ」と言った。

バーで——バーは彼女が選んだのだが、彼はその横丁にこんな店があるなんて一人ではまずわからなかっただろう——彼女は自分の名はクレールだと言った。

ハーパーは自分が日曜日に感じた空しさの説明を始めた。唯一の可能な行為は教会に行くことくらいだね、と。

「私、教会なんて行かないわ」とクレールは言った。

「少なくともその点では僕と君とは共通している」

バーにいた一人の男が新聞を読んでいて、見出しは選挙のことを伝えていた。ハーパーはそれを話題にした。

彼女は下唇を前につきだして、「私はアナーキストよ」と言った。彼女はアナーシーストと発音した。

「それは砂糖を入れないってことなのかい？」とハーパーはコーヒーをかきまわしている娘を見ながら、冗談っぽく砂糖壺をわきにどかせた。

「指輪してるのね」と彼女は言って、綺麗な指でとんとんとそれを叩いた。「結婚してるの？」

ハーパーは肯《うなず》き、妻を裏切るまいぞと密かな誓いをたてた。

「どうして結婚なんてできるのかなあ？」と彼女は言った。

「ああ、なるほど」とハーパーは言った。「幸せな結婚生活している人間を見たためしがないって言いたいんだろう、違う？　でも幸せな独身者がどれくらいいるだろう？」

「アメリカ人って幸福というのをすごく重要に考えるのね」

「フランス人は何を重要に考えるんだろう？」

「お金、服、セックス。だから私たちはいつももの哀しいのよ」

「いつも？」

「私たちってユーモアがないのね」と彼女はそれを証明するような重々しい声で言った。「私たちって――どういうのかな――ユーウッツ《メランコリーク》？」

そしてハーパーは、殆んどフランス語を知らなかったのだが、その言葉を英語に直した。それから彼は娘の英語を賞めた。二年間ロンドンの英国人の家庭で暮らしたのだとクレールは言った。

彼は娘に酒を勧めた。自分はワインしか飲まないし、それも食事のときに飲むだけだと彼女は言った。彼は娘をレストランにつれていった。レストランもまた彼女が選んだ。狭くてうるさいところだった。どうしてこの街のレストランはどれもこれも切符売り場みたいに見えるんだ？　ハーパーはレストランの中の若い男女をじろじろと眺めた。男たちは短髪でイヤリングをつけ、女たちは白っぽい顔をして料理の上に煙草の煙を吹きかけていた。「ここにはちょっとした雰囲気があるね」

クレールは短く微笑んだ。

「あの隅の男だけど」とハーパーは言った。「あれはゲイだね」クレールはちらっとハーパーを見た。「肛門性愛《ペデラスト》」

クレールは男の方に目をやり、同意するような声を出した。

「同性愛者《ソドマイト》だ」とハーパーはにっこりと言った。

「違うわ」と彼女は言った。「同性愛者《ソドマイト》は私よ。彼は肛門性愛《ペデラスト》。アン・ペデ」

「ここにはその手の雰囲気があると思ったんだ」ハーパーの頭皮はちくちくと痛んだ。

「ちょっとショックだったようね」

「僕が？」と言ってハーパーは笑おうとした。

「あなた学校でやんなかった？　他の男の子たちと？」

「そんなことしたら殺されちまうよ。つまり、教師たちにさ。いずれにせよ、僕はべつにそんなのやりたくなかった。君は？」

彼女は下唇をつきだして「もちろんやったわ」と言った。

「今は？」

「もちろんやってる」

料理が運ばれてきた。二人は無言のうちにそれを食べた。ハーパーは語るべき言葉を思いつけなかった。彼女は自分がレズビアンでもあることを打ち明けたアナーキストなのだ。そしてかく言う俺は？　空っぽのブリーフケースを抱えて暇つぶしをしている運び屋《クーリエ》だ。彼は詩人バムガーナーのことを考えた。パリは奴のものだ。ハーパーにはそういう感じ《フィーリング》がうまくつかめないけれど、バムガーナーなら今ここで何を言えばいいのかぴんとくるのだろう。

「女の子の方が簡単なのよ」とクレールが言った。彼女は俺の混乱ぶりを感じとったのだろうとハーパーは思った。「私としては男と寝ようが女と寝ようが、どっちでもいいの。でもフィアンセはいるのよ――素敵な男の子。大事なのは人柄よ。私、頭の良い男と馬鹿な女が好き」

「このあいだオフィスにいた男ね」とハーパーは言った。「彼は詩人なんだ。詩を書いてる」

「私、詩って嫌い」とクレールは言った。

彼女のこれまでの発言の中ではもっとも気持ちのこもったものだったが、それは彼の意気込みに水を注ぐことになった。

夕暮の、水をまぜたような淡いブルーの空の下を、二人はビスケットを思わせる色あいの建物の前を通って河まで歩いた。パリに来てもう八日めだった。家に帰りたいという熱い想いはもう消え失せ、仕事のことを頭から追い払うことだってできるようになっていた。そんなものどうだっていい。彼は宙ぶらりんの状態を気に病むことを止めていた。もうこのクレールという名の、美しくも醜くもなく、彼にとってはべつに何ということのない娘が、彼を解放してくれたのだ。彼女と寝ても寝なくてもどちらでもかまやしない。彼は欲望を感じなかったし、だからもし首尾よくいかなかったとしてもがっかりすることもない。彼はそんな屈折した自由を楽しみながらセーヌの左岸に沿って歩いた。ほんのりとした春の宵、気分はゆったりとしているし、慌てることなんか何もないという開きなおった満足感だけがあった。パリにいるというのに、スリルみたいなものはまるで感じられない。どれだけ慌てたところで、この一週間何ひとつうまくいかなかったではないか。彼はフランス語を話せなかった。教会や石張りには見覚えがあった。無料《ただ》でもらうカレンダーやジグソー・パズルや上等なクッキーの缶のふたの絵で覚えていたのだ。これは彼にとってはじめての海外だった。それは想像していたとおりの舞台セットだったが、稽古が足りないように彼には感じられた。

「疲れちゃったな」と彼は言った。それはホテルに戻るための口実だった。

彼女は前と同じように肩をすくめたが、今回のその仕草は彼を苛立たせた。彼女は肩と手を使い下唇をつきだして、実に上手にそれをやってのけたからだった。

「僕はアンヴァリッドの近くのホテルに泊ってるんだ」と彼は言った。「そこで一杯やらないか？」

彼女はまた肩をすくめたが、今回のそれはイエスだった。いいわよというしなやかな肩のすくめ方だった。

タクシー乗り場をみつけたとき、時刻は十時半だった。道は混んでいて――ボストンよりもひどい――ホテルについたのは十一時すぎだった。ボーイ長が椰子の木のうしろから出てきて、もうバーはおしまいでしてとクレールに言った。

「部屋で飲もうか」とハーパーは言ったものの、部屋には酒なんて一滴もない。

部屋に入るとハーパーはタンブラーに流しの水を入れた。そしてこれをクレールの前に持っていって、ウェイターみたいに恭《うやうや》しく彼女に渡した。彼女は無言でそれを飲んだ。

「気に入った？」と彼は訊いた。

「ええ、とても。楽しい飲みものね」

「もう少しいかがかな？」

「あとで頂くわ」と彼女は言った。

彼はベッドの女の隣に坐り、彼女の両肘を手にとっていささか馬鹿げて見えるくらい甘くやさしく彼女にキスをした。彼女はひやりとした鼻を彼の首筋に押しつけ、無邪気にそれにこたえた。それから「ちょっと待って」と言った。

　彼女は腰の引きひもをほどき、体をふるうようにして服を脱いだ。彼女はそれをとても素速くやった。まるで一刻も早く泳ぎたがっている人みたいに。彼女が裸になってしまうと、二人はまたキスをした。彼女の舌が彼の口に強引にわりこんできて、そのまさぐる手がごそごそと彼の服をひっぱるものだから、彼は思わずたじろいでしまった。少しあとで二人は交わり、それが終わったとき、ハーパーは暗闇の中で不満げなため息を耳にしたような気がした。

　目覚めると、彼女は部屋の向こう側にいて、フランス語をしゃべっていた。

「なんだい？」

「タクシー呼んでるのよ。家に帰るための」

「いてくれよ」と彼は言った。「それに電話は故障してると思うよ」

「ピルを飲まなくっちゃ」

　電話は通じた。俺はパリにいい、いい、いるんだ、と彼はぐったりした間の抜けた声で言った。

「何か言った？」とクレールが服を着ながら言った。

　翌日も同じことの繰り返しだった。彼はホテルでアンダーショーからの電話を待った。四時に彼はオフィスに行ってみた。今回は前置きはなかった。ロマンスのみが前置きを要求するのであって、これはロマンスではないのだ。ハーパーはそれでいささかホッとした。自分がクレールに心を引かれていないことも彼を安心させた。結婚して以来——彼は妻と二人で幸せだった——どんな女にも心を引かれたことがなかったのだが、そのせいで彼はどうも落ちつけなかったのだ。実をいうと悩んだくらいだった。というのはもし自分が他の女に惚れたりしたらそれは重大な意味を持つことだし、それは即ち結婚生活の崩壊となるだろうと決めこんでいたからだった。二人はバーは抜かして、さっさと食事を済ませ、ホテルに急ぎ、殆んど口もきかずにベッドに入った。

真夜中すぎの黒々とした闇の中で、彼は女が電話をかけるのを待っていた。しかし彼女は眠っていた。彼は女を起こした。彼女はびっくりして、それから自分がどこにいるかを思い出したみたいだった。「帰らなくていいの?」と彼は言った。

彼女は早口のフランス語でもそもそと何か言った。それからはっきりと目を覚まして、「ピル持ってきたの」と言った。

ハーパーはよく眠れなかった。クレールは満足そうに静かないびきをかいていた。朝になって彼女はぱっちりと目をあけ、「コシュマールを見たの」と言った。

「本当?」その単語は知っていた。それは彼を魅了した。

「コシュマールに相当する綺麗な言葉が英語にあるわね」

「コシュマールは綺麗な言葉だよ」と彼は言って引用した。

僕は心から君に、こう言おう
このような友情なしには
人生、それはまさに悪夢《コシュマール》なのだと！

「理解できないわ」と彼女は言った。

「詩さ」とハーパーは言った。

彼女は身ぶるいするふりをした。「コシュマールは英語でなんて言うの？」

「ナイトメア」

「すごく綺麗ね」と彼女は言った。

「どんな悪夢《コシュマール》だったの？」

「私の——悪夢《ナイトメア》」と彼女はその言葉を味わうように微笑んだ。「それは私たち二人についてのものなの。あなたと私。私たちは猫と一緒に家の中にいたの。ごく普通の猫なんだけど、それはすごくおなかを減らしてたの。私はあなたとセックスしたかったの。それが私の問題点なの。わかるでしょ？　直接的にすぎるの。その猫は寝室にいたの」

「寝室の場所はどこ——ヨーロッパ？」

「パリ」と彼女は言った。「その猫はすごくおなかを減らしていて、床に坐ってニャアニャア鳴きわめいてるの。それに餌をやるまでは私たちセックスできないの。でも猫がその餌を食べるとね、猫に火がついてボッと燃えちゃうの——ええ、すごく怖かったわ。ひとくち食べるごとにますます燃えるんだけど、その燃え方が猫みたいじゃなくて、人間みたいなの。ジャン・パラシュみたいなの。ジャン・パラシュ知ってる？」

　ハーパーはその名前を知らなかった。「聖者かい？」と彼は訊いた。彼女の口ぶりはまるで殉教者のことを話しているようだったからだ。

「違う《ノオ》、違う《ノオ》」とクレールは言った。彼女の心は乱れているようだった。

　ハーパーは言った。「それきっとレズビアンに関係してるんだよ——君の夢。猫を殺して、僕らがセックスするのは」

「もちろん」と彼女は言った。「それは考えたわ」

　彼女の思い悩んだ表情は消えた。彼女は今はぼんやりとして、その顔はぴくりとすることもなく物想いに耽っていた。

ここはヨーロッパなんかじゃなくて、自分はどこかわからない世界に物哀しい頭のおかしい女と一緒に閉じこめられてしまったのではないかという恐怖が、ハーパーの中に湧き起こってきた。この女と関わりあうことは重大な間違いだったのだ。その恐怖は二人が服を身につけているときにもっと深刻なものになった。というのは電話のベルが鳴ったからだ。ハーパーはパニック状態になり、「電話にさわるんじゃない！」と大声で叫んだ。彼はそれが妻からの電話だと思って、自分がこのわけのわからない女と二人でこの部屋にいることをうしろめたく恥ずかしく感じたのである。妻がこれほどいとおしく思えたことはなかった。彼は受話器をつかんだ。アンダーショーだった。

「用意できたよ。取りに来ていい」

「そりゃ、どうも」と感謝の念で舌をからませながら彼は言った。そしてクレールの方を向いて、「オフィスに行かなくちゃ」と言った。

しかし彼女は小さな腕時計を手首に巻きつけていた。「ねえ、大変よ」と彼女は叫んだ。「もう遅刻だわ！」

二人はべつべつにオフィスに着いたが、それは彼のアイディアだった。そうすれば誰も二人の関係を疑ったりはしない。何日ものあいだアンダーショーの顔面にパンチを喰わせることを考えて過していたハーパーだが、いざこの白髪で長身の英国人と対面してみると、悪意というものを感じなかった。彼は金の包みを受けとり、小部屋に入って鍵をかけ、金の勘定をした。彼は手順を繰り返し、額が正しいことを納得すると、それをきちんと束にして包み、ブリーフケースに詰めた。まるで八万五千ドルを数え切るのにどれくらいの時間がかかるかを熟知しているかの如く、ハーパーがしまい終えるのと同時にアンダーショーがドアをノックした。

「もし問題がなければ、私は行くよ」とアンダーショーは言った。

「御機嫌よう」とハーパーは言って、彼が去っていくのを見ていた。

共同受付のオフィスで、クレールはハンドバッグにものを詰めていた。ハーパーは立ちどまった。彼女を夕食に誘わなくちゃならんのだろうなと思ったからだ。翌日にならないと出発はできない。

クレールは言った。「今夜はあなたに会えないわ。女の人に会うのよ。冒険《アドヴェンチュア》があるかもね。あなたはここにいてもいいわよ――ドアを閉めれば自動的にロックされるから」

「彼女が素敵な人だといいね」とハーパーは言った。「君のその女《ひと》が」

「ええ」とクレールはレディーのように取り澄まして答えた。そしてドアのところまで行ってから下唇をつきだした。「彼女、私のフィアンセのガール・フレンドなのよ」

彼女が出ていってしまうと、ハーパーは坐りこみたくなった。しかし椅子は彼をうんざりさせた。このおぞましい黄色い部屋には、このねじけた人々――彼らは悪党ではなくてただだらしないだけだ――の集会場には、全部で四つの椅子があった。バムガーナーと、クレールと、アンダーショーとがいた部屋。今、彼らはめいめいのうんざりするような用足しに出かけていた。しかし彼らの気配はかたつむりの這ったあとのようにそこに残っていた。世の中には――彼のホテルの部屋もそのひとつだけれど――弱い人間たちがその惨めたらしい希望をあとに残していく部屋がある。彼らはその部屋から出ていってけちな詐欺をうまくやりとげ、そして大きなところでしくじってしまうのだ。ハーパーは家に帰りたかった。彼は自分が侮辱されたように感じ、たまらないほどに自らを憎んだ。金で重くなったブリーフケースが、自分がまだパリにいるのだということを彼に思い出させた。そしてこの恥ずべき用事を済ませてしまわなくてはならないのだということも。そうしてはじめてアメリカで新しい仕事を探すことができるようになるのだ。

ボランティア講演者

Volunteer Speaker

　東南アジアにいたんですと答えるたびに、いささかうんざりした気分になる。僕がアメリカ領事をしていた小さなほこりっぽい町には、この名称はちょっと大層すぎるし、嘘っぽくなってしまう。しかしアイヤ・ヒータムなんて町の名前を耳にして、ああなるほどあそこかと思える人間がどれだけいるだろう？　公式にはそれは苛酷地任務《ハードシップ・ポスト》と呼ばれ、その名称は特別手当を意味する。使いみちのない苛酷地手当《ハードシップ・アラウアンス》だ。そこには苛酷《ハードシップ》さなんてなかったけれど、そのかわり退屈があった。そして退屈をまぎらすことのできるものなんて、何ひとつ金では買えないのだ。次の任地を指定されにワシントンに戻るまでに一ヵ月の自由な休みがあり、そのあいだに僕は余った金でヨーロッパ——これもまた大層な名称だ——にプライヴェートな旅行をしようと決心した。コースの中にはザールブリュッケンという、そこの河がそのまま独仏国境になっている町が入っていた。到着した日の昼、僕の目にはその町が魔法のように見えた。そしてディナーのときには、それは僕があとにしてきたマレーシアの町のヨーロッパ版みたいに見えた。

ザールブリュッケンを行く先として選んだのは偶然ではなかった。チャーリーとロイスのフリント夫婦がクアラ・ルンプールでの任期を終えたあとでここに赴任していたのだ。是非そこに来るようにと二人に強く誘われていた。独身男と子供のいない夫婦ものは、面倒のないせいでごく自然に結びつくものなのだ。チャーリーがこのちっぽけな町での職に就いているのは、彼がワシントンでの二年間の通常のデスク・ワークを断ったからだった。ワシントンにはもう十五年も住んだことがなくて、それが当人の自慢だった——ワシントンも変わったよなんて言われても、彼は絶対に耳を貸さない。そのせいで彼はあちこちとたらいまわしされることになった。ちょっと我慢して政治工作すれば昇進できたはずなのに。「次の停車駅はアブ・ダビでーす」と彼はよく言ったものだった。アブ・ダビが重要な意味を持ちはじめる以前の話である。夕食の席で彼は言った。「次の停車駅はルワンダでーす。首都の名前もわからん」

「キガリ」と僕は言った。「穴ぼこみたいなところだよ」

「君がアフリカ通だってことをつい忘れちゃうな」

ロイスは言った。「そのうち国務省は私たちをとことんみすぼらしい場所に送りこむでしょうね。これならまだワシントンの方がましだとチャーリーが思わざるをえないくらいのね」

「俺はメダン〔訳注・スマトラ北東部の都市〕でも音をあげなかった」とフリントは言った。「K・L《クアラ・ルンプール》でも音をあげなかった。バンガロール〔訳注・インド南部の都市〕なんか実のところ気に入っちまったくらいだ。カルカッタに送りこむと言って脅されたこともある。ワシントンの阿呆どもはカルカッタくらい海外勤務職員の士気の高いところはないということさえ知らんのだ。住宅はとびっきりの最高だし、十ドル出しゃコックが雇える。ああいうところ好きだね、俺は。パリなんかに行きたがるのは俗物だけさ。ここの三階にいる奴らなんかもパリが好きだけどね」

「三階にいる奴らって誰？」

「お化けども《スプークス》」とフリントは言った。「みんなそう呼んでるんだ。正体不明の奴らさ」

ロイスが僕にウィンクしてみせた。「彼、ここでは音をあげてんの」

「ヨーロッパで音をあげる人間がいるなんて思わなかったな」

「ここはヨーロッパじゃないよ」とフリントは言った。「ドイツでさえないんだ。この住民の半分はフランス人のふりしてるよ」

「僕はこういう国境の町は好きだね」と僕は言った。「どっちつかずなところとか、税関の煩雑さとか、密輸業者《スマグラーズ》の噂とか――素敵な言葉だよ、スマグラーズって。国境っていうとそういうミステリーとか危険とかが頭に浮かんじゃうね」

「ここでの唯一の危険っていうと、大使が僕あてに魚釣りに行きたいって電報を打ってくることくらいさ。そうなるとこっちは一週間かけずりまわって釣りの許可をとったり、運転手の宿をとったりせにゃならん。それからしちめんどくさい警護の問題だってある。誘拐防止措置とかね。それもこれも大使がヒメハヤを釣りあげることができるようにさ。たまらないぜ、まったく」

フリントはすっかり文句屋になってしまっていた。話題を変えるために、「ロイス、これは素敵な料理だね」と僕は言った。

「嬉しいこと言ってくれるじゃない」とロイスは言った。「私、料理のレッスンを受けてるのよ。大したもんでしょ？」

「地元産ソーセージの一種だ」とフリントは筒状につつまれた肉をフォークでつきさしながら言った。「どこ見ても地元産ソーセージみたいなものばかり、こんなのマレーシアで食べたら逮捕されちまう。でもワインは悪くないよ。ワイン生産国はみんな右翼さ——知ってたかい？」

「私が料理を習わなかったことをチャーリーはずっと根にもってるのよ」とロイスは言った。彼女はじっと夫を睨んだが、その冗談とはいえそうにない目の色を見て彼は黙りこんだ。しかし彼女は計算されたような明るい口調であとをつづけた。「でも仕方ないじゃない。私は新婚時代を、コックが一カ月十ドルで雇えるような場所で過させられたんだから」

「その結果ロイスは優秀なテニス・プレイヤーになった」とフリントは言った。

この科白《せりふ》によっていささかの雰囲気のようなものが生じたが、それは通りすぎていく雲、一片のうす暗闇のようなものにすぎなかった。それは頭上にぽこっと浮かび、そして去っていった。ロイスは唐突に立ちあがり、「デザートくらいおなかに入るわよね」と言った。

チャーリーはロイスが台所に行ってしまうまで口をきかなかった。僕は今「フリント」ではなく「チャーリー」と書いた。でもたしかに彼は変化したのだ。彼のしゃべり方はうちあけるような口調になった。彼は言った、「ロイスのことがとても心配なんだ。ここに来て以来、どうも言動が妙でね、まわりの連中が僕にそう言ってくる――みんなロイスのようなタイプに馴れてないのさ。つまりさ、よく泣いたり叫んだりするんだよ、彼女。神経がどんどんいかれちゃってるのかもしれない。病人をかかえて仕事をこなすって大変なんだよ。でもまあ、それはそれとして、君が来てくれて嬉しいよ――彼女のためにも良いことだ」

予想もできなかったことが一度にどっと押し寄せてきた。アメリカ的率直さの奔流だ。ロイスは僕にはまったくなんともなく見えるけど、と僕は口ごもって言った。「演技さ――頭がやられてる」と彼は言った。「どう扱えばいいのかわからないんだ。君がそういうのを斟酌《しんしゃく》してくれると、僕はすごく嬉しい。彼女に良くしてやってくれ。君の好意に甘えるようだけど――」

その最後の言葉のところでロイスが部屋に入ってきた。彼女は黒々としたチョコレート・ケーキの山のようなかたまりを抱えていた。「チャーリーに頼まれたからって、何もべつにやることとないのよ」

「ボランティア講演プログラムのことを話してたんだ、俺たち」とフリントはいささかも動じることなく冷静《クール》に、退屈さの片鱗さえ漂わせながら言った。実に見事な演技だった。「今言ったようにさ、俺は講演者を揃えなくちゃならないんだけど、この何カ月というもの一人として見つけられずにいるんだ。この前ボンに行ったとき、大使にさんざん嫌味を言われた。そんなの無茶ですよ、と俺は言ってやったよ、ドイツ人に文化をもたらそうなんてことはね。町は一千年の歴史を持っている。ここにはローマ人だっていたんだぜ。でも大使はそんなことにゃ耳を貸さん。だから君がセンターで講演してくれると俺は助かるんだけど」

ロイスはテーブルごしに手をのばして、僕の手をぎゅっと握った。その仕草は警告を与えるというよりは安心させようとするものだった。「相手になんかすることないのよ。この人は揃えようとさえ思えば、ボランティア講演者くらいいくらでも揃えられるのよ。ただ頼まないだけ」

「ヘル・フリードリッヒがローマの痰壺《スピットゥーン》について、グレフィン・フォン・スピットボールが地方貴族社会について。それがヨーロッパの目玉商品さ――思い出だよ。未来はなくとも、過去の凄さよ！　ノスタルジアにはデカダンの影がある――というか、病気だね、まさに」

「チャーリーはドイツ人が嫌いなの」とロイスが言った。「ドイツ人を好きな人なんていないわ。この十五年というもの、私は南の国の人々がいかに役立たずかってことばかり聞かされてきたわ。ここでいちばん大きな不平ってなんだと思う？　ドイツ人たちは有能よ。彼らは時間どおりに物事をしあげるし、言ったことはきちんと守る――これこそがまさに災厄なわけよ！」

「あいつら機械だ」とフリントが言った。

「この人マレー人のことを『スーパー怠けもの』って呼んでたのよ」とロイスが言った。

「そしてドイツ人たちは俺たちが病んでいるって思ってるんだ」とフリントが言った。「彼らはドイツ文化の話をする。ドイツ文化って何だい？　最近のそれはアメリカ文化だよ——読む本も同じ、聴く音楽も同じ、見る映画も同じ、服まで同じなんだぜ。あいつら俺たちを丸ごと買って、その上あつかましくも冷笑しやがる」長広舌のせいで彼はぜいぜい息をした。哀調さえ帯びた真剣な口調で彼は言った。「君が講演してくれると俺は嬉しいんだよ。明日出番がある——木曜日には縫いものサークルの集まりがあるんだ」

彼は自分のごまかしを見て見ぬふりをしてくれと僕に求めており、このような単純な要請を儀礼上からもこちらが断ることはあるまいと踏んでいるのだ。「論題が必要なんじゃないの？」と僕は訊ねた。

「白人の責務。戦争の話。東洋での生活。現地人が君の領事館を包囲して旗を焼いたときのことなど」

「現地人のやったことといえば、にっこり笑って僕のウィスキーを盗み飲むことくらいさ」

「でっちあげろよ」と彼はワイン・グラスをくるくるまわしながら言った。「理想を言えば『変化する世界におけるアメリカの役割』といったようなのがいいね。——たとえば対外援助の意味は？　とか、超大国の責任とは？　そしてイスラムとアラブ諸国との関連から見た石油危機、我々は岐路に立っているのか？　なあ、連中が求めているのは君が英語をしゃべるのを聴くことだけなんだよ。このあいだの予算カットで我々は語学プログラムを打ち切らざるを得なかったんだ。ニュー・フェイスを見たらみんな喜ぶぜ。あいつら俺の顔にかなりうんざりしてるから」

ロイスはまた僕の手をぎゅっと握った。「ヨーロッパにようこそ」

翌朝、眠い目をこすりながら講演で何をしゃべろうかと思いをめぐらせていると――こんな田舎芝居に僕をしっかりひきずりこんでしまったフリントに対して腹を立てていた――ドアにノックの音がしたのでぎくっとした。僕はベッドの上で身を起こした。ロイスだった。

「朝食のことであなたに警告を与えとくの忘れてたの」と彼女は部屋に入ってきて言った。口調は快活に、一応謝ってはいたが、行動そのものは大胆だった。最初彼女がパジャマを着ているのかと思ったのだが、眼鏡をかけると、それが短いプリーツ・スカートと白いジャージーであることがわかった。白い服とそのカットのせいで、彼女は少女っぽく見えたが、それと同時に彼女の元気の良さが誇張されることによって、逆の効果をも及ぼしていた。テニスは明らかに彼女のスタイルをひきしめていた。彼女は四十代前半だったけれど——チャーリーより若い——均整のとれた体つきで筋肉は硬くしまっていた。彼女は子供を産んだことがなかった——女性の体に老いを刻みこむのは出産なのだ。そのおなかは真っ平らで、サーバーのストライドで歩いた。彼女がベッドに寄ってくると、大腿の筋肉が揺れるのがわかった。でも急にそんなもの見せつけられたところで、テニス・ウェアを身にまとった女というのは、欲望をかきたてられるにはあまりにもてきぱきとして運動選手的である。

彼女は僕の方を見ないで、ずっとまだ朝食の話をしながら、ベッドの足もとの床をゆっくりと行ったり来たりしていた。チャーリーは普通コーヒーしか飲まないの、と彼女は言った。冷蔵庫にグレープフレーツが、戸棚にシリアルがあるわ。コーヒーは作ってある。卵はほしい？

「チャーリーと一緒にコーヒーを頂くよ」と僕は言った。

「彼、もういないわよ。一時間前にでかけたの」

「僕のことなら大丈夫。自分のことくらいやれるよ」

つるつるの床を行ったり来たりすると、ロイスのテニス・シューズがきゅっきゅっと音を立てた。やがて彼女は立ちどまり、僕の顔をまじまじと見た。「チャーリーが

「心配なの」と彼女は言った。「彼が昨夜(ゆうべ)大使の話をしたとき、きっと冗談だと思ったでしょ？　あれ深刻な話なのよ――あの人、ここに来てから仕事らしい仕事してないのよ。それはみんな知ってるわ。それでもあの人は平気なのよ」

　彼が昨夜彼女について言ったのと殆んど同じ科白だ。夫婦がぐるになって僕をからかってるんじゃないかと思ったくらいだ。

「僕は彼のボランティア講演者だよ」と僕は言った。「彼にとっちゃ相当な業績だぜ」

「あなたは冗談のつもりかもしれないけど、そのとおりなのよ。あの人、すごくまずいことになってるの。大使に向かって、早期退職を考えているって言っちゃったの」

「悪い考えじゃないかもしれない」と僕は言った。

「彼こう言ったの。『私はいつでも中古車ディーラーになれます。国務省海外勤務を通じて中古のガラクタを売りさばきつづけてきましたからね』そう大使に向かって言ったのよ。私、ひっくりかえっちゃったわ。それから私に向かって、あれジョークだって言うのよ。スタッフ・ミーティングの席上で――PAO（文化広報担当官）がみんな集まってるところでよ。でも誰も笑わなかったわ。まあもっともよね――おかしくもなんともないんだもの」

　僕はベッドから出たかったが、彼女が部屋の中にいる限り、それは簡単なことではなさそうだった。ベッドの上に身を起こして、膝の上に毛布をかけ、目の中に髪が入ってちくちくしてると、ものなんてまともに考えられやしない。

「そこに入っていいかしら？」とロイスが言った。

僕は常々そう思ってきたのだが、もしある人が何かを強く求め、そしてもしそれが理不尽なことでないとすれば、要求の対象が何であれ、人はそれを手に入れるべきである。僕はだいたいそれを自分から与えたい気になる。以前あるマレー人に狩猟ナイフをやったことがあるが、それは彼がそのナイフに惚れこみ、欲しがり、使いみちを持っていたからである。気前の良さというものは簡単に正当化できるわけで、おかげで僕は自分の必要としないものをすぐに失くすことになる。

僕はロイスの質問を考慮してから、「いいよ――どうぞ」と言い、チャーリーの言ったことは出鱈目じゃなかったんだと納得した。ロイスはたしかにどうかしている。

彼女は恥ずかしがる風もなく、素速くベッドに入ってきた。「あの人、精神的に無茶苦茶になっちゃったのよ、どう考えても」

「チャーリーも気の毒にな」

我々は布団をかぶって並んで横になっていた。大きな寝袋にもぐりこんでぎこちなく肩を並べて雨風をしのいでいる二人のボーイ・スカウトみたいだった。ロイスはテニス・シューズをはいたままだったので、僕はすねにキャンバスとゴムの感触を感じていた。チャーリーが彼女の精神状態について語ったことは決して誇張ではないということを、そのシューズが証明しているように思えた。

「彼は自分の言ったことがおかしいと思ってるのよ。参っちゃうのは私の方。みんな精神病にかかった人を気の毒がるけど、同情すべきはその家族の方よ」

「ちょっとオーバーに考えすぎなんじゃない?」と僕はスカートのぱりぱりとしたプリーツから手をどかそうと苦労しながら言った。「チャーリーは多少神経が参っているかもしれない。でもだからって精神病ってことにはならないよ」

「一カ月前に私たちパーティーに出たのよ——際限のないやつ——いつものドイツ人のパーティーよ。あの人たち、自分たちの食べものが大好きで、楽しむっていうとぐでんぐでんに酔払って大声で唄うもんだと思ってるのよ。ここでは酔払った上でのことは社会的不名誉ではないの。だから誰も彼もがアホみたいにげらげら笑って、男たちは下らないことをやってたわ。一人が私のショールを取って頭にかぶり、ワグナーの一節をやったの。そこに一人のイタリア人がいてね——この人は外交官じゃなくて取り巻きみたいなものなんだけど——みんなでこれからレストランにくりだそうって言いだしたわけ。午前二時で、みんなたらふく食べて、その上レストランに行くって言うのよ！　なんとなくみんなぼそぼそとドアの方に向かったわ——みんな叫んだり、げらげら笑ったりしててね。私、チャーリーに言ったの、『私、失礼するわ——疲れちゃった』ってね。『何をするのも嫌がるんだな』って彼は言ったの。『あなたは行きたいんなら行きなさいよ』って私は言った。彼は車のキーをくれて、私は一人で家に帰ったわ。彼が帰ってきたとき私は眠ってたの。玄関で騒々しい音がしてね——五時頃よ。行ってみると何だったと思う？　チャーリーよ。そしてあのイタリア人。二人が手を握りあってたの」

僕は思わず吹きだしてしまうところだったが、ロイスは泣きだす寸前だった。彼女の体がきゅっと固くなるのが感じられた。

「たまらなかったわ。イタリア人はまるでまずいところを見られたといった具合で、後ろめたそうなコソコソした顔してるの。彼はもうおさらばしちゃいたいっていう風だったわ。私の顔さえ見ようとしなかったわ。チャーリーは青白い顔してたわ——文字どおりに青白いのよ。酔払ってさえいないのよ——病的で、頭がおかしいみたいで、そのイタリア人の手をずっと握りしめているの。そして私に向かって、寝てなさいって言ったわけ。

『この人が帰るまで私、寝ないわよ』って言ったわ。

『この人は俺の友だちだ』って彼は言うの。友だちだって！　手を握りあってよ！

彼はそのイタリア人を家の中にひっぱりこんだんだけど、私、もう二人ともひっぱたいてやりたくって。『俺たちここに泊る』って彼が言った。

『この人は駄目』って私は言った。『この人、私の家の中にいてほしくない』って。

『お前は俺に友だちさえ持たせちゃくれない』ってチャーリーは言った。そしてその男と一緒にふらふらと歩きまわりはじめたの。私、自分が夢を見てるのかと思ったわ。だってあまりにも馬鹿馬鹿しいんだもの。

『何をしようとあなたの勝手ですけどね、こいつだけは家の中に入れないで』と私は言って、それからヒステリックになって、大声で泣きわめいたの。何言ったのかほとんど覚えちゃいない。

『わかったよ、じゃあ出発』とチャーリーは言って、二人は手に手をとって家の外に出ていったわ。どこに行ったのかは知らない。その日の夜になってチャーリーはやっと帰ってきた。ひどい格好で――仕事にも行かなかったんじゃないかしら。それ以来そのことは口にもしないわ。それでもあなた、彼の精神が病んでると思わない？」

　彼女の話を聴いていると、僕は自分がチャーリー・フリントという男を殆んど何も知らないのだという思いに打たれた。大使館の全ての連中に負けず劣らず彼は頭のたがが多少ゆるんでいたし、また大使館の女房連はそのうちに反乱を起こすというのが彼の持論だった。しかし我々二人の関係はだいたいにおいて仕事上のことに限られていた。酒を飲みすぎるという以外には私生活のことを何も知らなかったし、外地勤務をしていて酒を飲みすぎない人間なんていやしない。ワシントンに近寄らないという彼の決意を、僕は見上げた志と見ていた。彼は野心家ではなかった。そして彼は妻の奇矯さについて前もって僕に注意を与えてくれていた。

僕は月並みな文句で答えた。あまり早合点しちゃいけないとか、物事はやがて落ちつくべきところに落ちつくとか、その手のことだ。他に何が言える？　僕は彼女のことをもよく知らないし、二人並んでベッドに入っているのだ。そのあとでふと思いついて、「君は彼がゲイだと言ってるんじゃないだろう？」と僕は訊ねてみた。

「そんなこと私が気にすると思う？」と彼女は言った。「あなたはこの二年ずっとジャングルの中にいたからわかんないでしょうけど、バイ・セクシュアルだってのはヨーロッパじゃ最近はかっこいいことなのよ。一人残らずゲイよ。男たちはそれがファッショナブルで、男らしいとさえ考えているのよ。それが開けた人間だっていう証明なわけよ。連中はいつも抱きあったり、手を握りあったり——他にどんなことやってるのやら、といっても大体の想像はつくけど。ねえ、いいこと、ヨーロッパに比べたら東南アジアなんて文明国に見えるわよ。私なんて週に一回は誘惑されてるんだから――女によ！」

「その気になる？」

「いいえ」とロイスは言った。「試してはみたけど」

「女の人と？」

彼女は肯《うなず》いた。体全体が動いて、口もとにはちょっと不思議な感じのかすかな微笑が浮かんでいた。「ドイツ娘よ。十九くらいの。すごく綺麗だった。でもうまくいかなかったわ」彼女はしかめ面をした。「チャーリーが私にそうするようにけしかけたのよ。だから私ものめりこめなかったわけ。そんなことしたら彼の狂いかけている部分がもっとひどくなるはずだと思ったの。今になって思うと、本当に笑っちゃうわ」彼女はベッドの上で横向きになって、片肘で体を支えるようにして言った。「あなた、どうしてそんなにノーマルなの？」

「全ては人の性《さが》なり」

「あなたはチャーリーのことかばってるのね」

「チャーリーは信念というものを持ってるよ」

「あなたは？」

「わからない。でも人によっては信念が欠如してるおかげでずいぶん穏やかに見えることがあるし、さらには無害にだって、ノーマルにだってなれる。チャーリーは誰も傷つけてこなかったじゃない」

「あの人、私を傷つけてきたわよ!」とロイスは叫んだ。彼女の靴がさわった。「ごめんなさい、蹴るつもりはなかったの」と彼女は言った。「でもそんなこと言ってたって意味ないわよ、『全ては人間の性だ、何だってノーマルだ』なんてね。私たち、インドネシア、インド、マレーシアと回ったわ――ええ、あのへんって物事はノーマルよ。でもヨーロッパは違うの。これ冗談じゃなくて、私は、こんなところじゃやってけないわ」

彼女が考えちがいをしていることは僕にもわかったけれど、それについて反論したくはなかった。というのは何を言っても彼女はそれを自分に対する個人攻撃ととってしまいそうだったからだ。彼女はチャーリーが酔払って男と手を握りあっていたことを、自分に対する侮辱と見ていたが、先刻ふと口にしたドイツ娘とのことだって、同じくらいまともじゃない話じゃないか? でも彼女はそうは考えていないみたいだった。チャーリーをけなしたりするのは彼女らしくないことではあったが、どうして彼女が僕に対して嘘をつくのか、それは理解できた。姦通というのは嘘の宝庫なのだ。

他の男のベッドにもぐりこんだ人妻というのは亭主の話をしたがるものだ。

僕は言った。「ヨーロッパに来てよかった。ヨーロッパがこんなに活発な土地柄だとは思わなかったよ。これに比べるとアイヤ・ヒータムなんて死んだ町みたいだ」

「このあとどこに行く予定なの？」

「ライン河の上流の方に行くよ。今夜話をしたあとに出発する。二、三日デュッセルドルフにいようと思うんだ」

「マレー・ゴールドサックのところに泊るの？」

「チャーリーが紹介してくれたけれど、たぶんホテルに泊るよ」

「チャーリーが紹介してくれたって？」とロイスは苦々しげに言った。「そうでしょうよ。私たち、三週間前にそこにいたんだけど、あそこでもまたえらい目にあっちゃってねえ」

そんな話聞きたくもなかったけれど、彼女は既にしゃべりはじめていた。

「ゴールドサック夫婦はそこに約一年いるの。奥さんは詩を書いて、御主人は絵に凝ってるの。開いたばかりのギャラリーを見せてくれるはずよ。もったいぶったゴミでいっぱいなの、それが——下らなくて、単純な、神経症的なしみ。人間を描く画家ってもういないのかしらね？　ゴールドサック夫婦には子供がいないの。実を言うと、二人は結婚するときに子供は作らない、別れるときにはどちらが何をとるという契約書をかわしているのよ。二人は自分たちがいずれは離婚するだろうと思ってるの――マレーがいろいろと統計値を見せてくれるはずよ。二人はすごくモダンでスンだ人たちで、ゴミ美術でいっぱいの家とゴミ意見でいっぱいの頭を持ってるの。夕食の席で、二人がどうやって夫婦生活を楽しくやってるかというのを教えてくれたわ。

こうよ。二人でゲームするの。『白夜』ごっことかね。スーが白いドレスを着て、白いスリッパはいて、身につけるもの何もかも白よ。それから彼女、白い料理を作るの――マッシュポテト、蒸し魚、カリフラワー、シャブリ。マレーは白いスーツを着るの。そして二人で酔払って、やるわけ」

「そんなに変だとも思えないけどな」と僕は言った。彼女は嘘をついているのではない。嘘を繰り返しているだけだ。

「あの人たち、他に黒い夜、赤い夜なんてのもやってるのよ。インドの夜っていうのも。彼女がサリーを着て、カレーを作って、香をたいて、カーマスートラの体位を順番に試しちゃうわけ」

「エスキモーの夜はないの？　鼻をこすりつけあうとかさ？」

「冗談はよしてよ。マレーがそのことを話してくれたの――あの家の居間にいるときによ。あの人ったら、私気がついたんだけど、その衣裳ゲームの話をしながら私のグラスにお酒を注いでるの。このチビ野郎が私を酔払わせようとしてるわけよ！　吐き気しちゃうわよ。彼は私が意に反してちびちびとしか飲まないんで困ってたみたい。それで彼、マリファナを出してきて紙巻き《ジョイント》を作ってくれたわけ。私、K・L《クアラ・ルンプール》でちょっとやったことあるけど、そんなのほんとメじゃなかったわね。脳味噌がオートミールになっちゃったみたいよ。で、隣見るとチャーリーがいないの。私、慌てちゃって、『チャーリーどこかしら？』って訊いたの。するとマレーが私を見て、『ああ、スーと一緒だよ』って言うわけ。

『二人はどこ？』と私は訊いたわ。

彼はひとつのドアを指さしたわ——ドアが閉まっていた。『彼に話があるの』って私、言ったの——どうしてそんなこと言ったのかしらね。ラリってたせいかもね。

『そこ、入っちゃ駄目だよ』ってマレーが言ったわ。『邪魔されたくないはずだ』って。

『どうしてそんなことわかるの？』って私、言ったわけ。彼はくすくす笑ったわ。私、『ねえ、いったいどうなってるのよ？』って訊いた。

彼はすごく邪悪な顔をしてこう言ったわ、『君、本当に知りたい』ってね。

それで私にもやっとわかったの。泣きたかったわよ。『私の夫があなたの奥さんとあそこにいるのね！』と私が言うと、彼は『それがどうかした？』といったようなことを言って、私の体に手をまわすわけ。私はそれをはねつけて立ちあがったの。あの人頭に来て、すごくカッカして、私の体をまたつかもうとするから、ひっぱたいてやったの。すると『なんだ、君、どうかしたのか？』って言うのよ、彼。

私がどうかしたか？　この人、合衆国大使館の文化担当官なのよ！　外交官のはしくれで、講演もやるし、報道関係に声明も出すし、報告書も書くし、そんなことやってる人なのよ。そんな人が、私が夫婦交換に応じないってだけでアタマ来てるのよ！うんざりよ、もう。一時間かそこらでチャーリーとスーがかなり青い顔して、服をたくしこみながら戻ってきたわ。私たちみんなでお酒飲んでお話ししたの——神《ジーザス》さま、私たちジミー・カーターやら予算カットやらの話をしたのよ。翌日、私たち帰ってきたわ。チャーリーは自分の方の話はしようとしないの——そのいやらしいことについてはね」

ロイスはしばらく黙っていた。それから彼女はごろんと横向きになって、背中を僕に向けた。僕は片肘をついて、彼女が泣いているのを見ていた。そして慰めようと思って彼女の体に手をまわした。

「もっと強く抱いて——お願い」と彼女が言って、僕はそうした。「それでいいわ」と彼女は小さな声で言った。

はてさて、と僕は思った。

「チャーリーは私のこと全然かまってくれないの」と彼女は言った。

「僕はチャーリーのことがどうしても憎めないんだよ」と僕は言った。

「私、彼と結婚してるのよ」とロイスは言って、それから「放さないで」と言った。

「なんか落ちつかないよ」と僕は言った。「こんなことしてていいのかな?」

「私には何もないのよ」と彼女は言った。「何も、何ひとつないの。こんなの人生じゃないわ」

「テニスに遅れるんじゃない?」

彼女はぱっと身をねじって体を離し、両脚を上にあげた。

「何してるんだい、ロイス?」

「この邪魔っけな靴脱ぐのよ」

「僕はチャーリーと昼飯を食べることになってるんだ」と僕は言った。「彼に顔向けできないよ。お願いだから靴なんて脱がないで」

「あの人、気にしないわ」と彼女は言った。

また嘘だ。そりゃときどきは羽目を外して不実なことをするかもしれないが、彼くらい妻の貞節を気にする人間はいないだろう。二人は子供のいないせいで、ずっと水いらずで仲良く暮らしていたし、その手の夫婦が往々にしてそうであるように、自分たち自身が子供みたいな感じだった。

「それじゃ余計まずいだろうよ」、彼女のあまりといえばあまりな言い草に憤然としながら僕は言った。

彼女はこちらに背中を押しつけ、スカートの裾を動かして僕の腿をしなやかに撫でた。そしてあいかわらず顔を背けたまま絶望的に悲嘆の声をもらした。

「じゃあ、ただしっかり抱いててよ。すぐにちゃんとするから」と彼女は言った。

ベッドから出たとき、彼女のプリーツ・スカートはしわだらけで、ソックスはずり落ちていた。彼女はぱたぱたと体のほこりを払い、ソックスをなおし、ジャージーをたくしこんだ。彼女は試合が負けに終わったばかりのテニス・プレイヤーみたいに見えた。

「自分がすごく貞淑な人間に思えるわ」と彼女は言った。

「こっちは自信ないけど」と僕は言った。そして彼女は部屋を出ていった。たしかにおかしい、おかしくなってる、と僕は思った。

チャーリーは昼食の時間に遅れた。彼がやってきたとき、僕はロイスが言っていた狂気の影を探し求めてみた。でもそんなの見あたらない。彼女は自己を正当化するために彼が狂っていると信じこむ必要があったのだ。

「講演のあとでどうしてもデュッセルドルフに行かなきゃならんのかい？」と彼が言った。

「講演は君が持ちかけたからやるんだよ」と僕は言った。「それがなきゃ、今頃はもう汽車に乗ってたさ」

「好きなだけここに泊っててていいんだぜ。ロイスもそうしてほしいって言ってるし」

「僕が彼女にしてあげられそうなことはあまりないと思うんだ」と僕は言った。

「ま、そうかもしれんな」と彼は顔を暗くして、殆んど詫びるような口調で言った。まるでその朝に僕とロイスのあいだで起こったことの推測がつくといった風だった。僕としては彼女が口にしたすさまじい話を持ちだして、相手の心をそれ以上乱したくなかった。「こんなところに留まっている理由はひとつしかないんだ」と彼は言った。「ここはロイスがまともな生活を送れる初めての場所なんだ。僕は彼女のためを思えばこそここにいる。いいかい、身を犠牲にしてるんだよ。でもここには良い医者がいるしね、最高の治療が受けられる。彼女にはそれが必要なんだよ」

「わかるよ」僕は同情が声に出てしまいそうで、それ以上は何も言えなかった。

「デュッセルドルフは気に入ると思うよ。ゴールドサックはやり手でね、切れる男だ。海外勤務部門の相当上の方まで行くだろうな。大使になることはまず間違いない。奴の女房は愉快な女でね、念のために言っとくけど、すぐ寝てくれるぜ」

それがチャーリーについてロイスの話したことがまるっきりの出鱈目ではなかったかもしれないと僕が思いはじめた最初のきっかけだった。それで僕はますますゴールドサック夫妻に会いたくなってきた。講演のあと、僕はただちに出発し、二日後にはマレー・ゴールドサックのオフィスにいた。

「フリントが電報であなたの来ることを教えてくれたんで」と彼は言った。「あなたの経歴書を読んでたんだけど、実にたいしたもんですね」ゴールドサックは小柄で色黒の三十代前半の男で、僕の顔をじろじろと仔細に眺めていた。僕はまるで面接で値ぶみされているような気がした。

「僕もあなたのように東南アジアの経験を積みたかったですよ。女房はそっち方面に転任になるように申請しろって言いつづけているんです」

「期待外れかもしれませんよ」

「僕は退屈というものを知らないんです」と彼は言ったが、それはいくぶん非難がましく聞こえた。「フリントが言ってましたけど、ボランティア講演をお願いできるかもしれないということで」

「僕より適役な人はいっぱいいいますよ」と僕は言った。

「ま、少なくとも僕らに歓迎のチャンスを与えて下さいませんか」と彼は言った。

「御夫妻で食事に御招待したいですね。お二人揃って来て頂くことができれば嬉しいんだが」

「僕の経歴書が既婚となっていたとしたら、それは間違いですね」

ゴールドサックは笑った。「いや、私の言う意味は、いらっしゃるのは一人でない方がよろしかろうということです」

僕は言った、「町にアンティークのディーラーの知りあいがいるんですが、いい男でしてね。ひょっとしてボランティア講演者にうってつけかもしれませんよ」

「それはいい」とゴールドサックは言った。そして会見が終わったことを示すべくさっと立ちあがり、僕の手を握った。「細かい手はずはホテルの方に伝言しておきます」

それ以来ゴールドサックには会っていない。伝言はなかったが、それで結構、アンティークのディーラーの知りあいなんてはじめからいやしないのだ。気の毒なロイスと僕は思った。

(訳者からのメッセージ)

この作品は『ロンドン大使館』という短編連作の冒頭の一編としても収められている。主人公の「僕」はこのあとロンドン大使館勤務となり、数々の奇妙な体験をする。興味のある方は読んでみて下さい。

緑したたる島

The Greenest Island

1

二人がサン・ファンを行く先に選んだのはその年の航空運賃が割安で、そこなら二人が結婚していないことを知っている人々からいちばん遠く離れることができたからだった。いつかはばれるだろう、と覚悟してはいたものの、自宅で、夫婦気取りでままごとみたいなことをしているところを押さえられたりしたら、ずいぶんまずいことになる。彼らは妊娠という厄介な状況に追い込まれ、そうなったことを恥じていた。しかし若者は恥というものを、身に覚えのない侮辱として受けとるものである。まるで子供向けのお話にでてくる難破船からの漂着者のように、二人はこの島を発見した。漂着者たちはよろけながら海岸に上陸し、南国の驚異の中での生き方を学んでいくのである。食人族の足あと、原色の鳥たち、ココナッツ椰子《パーム》！

しかし一九六一年のプエルト・リコは貧しく荒れ果てた島であった。そこにはロマンスなんかなかったし、二人の方にもそんなものの持ちあわせはなかった。島は緑だったが、緑の他には何もなかった。そして緑は大げさに語られているわりには、あちこちで黄色い褪色《たいしょく》が目についた。二人には準備らしい準備もなく、少々怯えていた。二人が持ちあわせているのは見せかけの大胆さと三百二十ドルだけ、帰りの航空券もなし——要するに計画と呼べるようなものなんて何ひとつなかったわけだ。ホテルは汚ならしくて高くて、そんなところにはとても住めない。たまたま彼らはサン・フランシスコ通りに家具つきの部屋をみつけた。たった一間《ひとま》だったけれど、そこならほっと一息ついて、かくかくしかじかなのだという手紙をそれぞれの家族にあてて書くこともできた。

それまでポーラは妊娠していることを両親に隠していた。打ちあけなくちゃと思いつつ四カ月間、彼女はデュヴァルと二人で彼の住む大学町《カレッジ・タウン》で暮らしていた——それもまたここと同じようなみすぼらしい部屋だ。彼女はそこから実家に手紙を書いた。自分は今ニューヨークで働いているが、一年休学したいと思う、と。彼女の両親はそれもよかろうと納得した。その家には他に二組のカップルが住んでいた。それぞれの勉学に忙しく、ノートブックやレポートの巣の中でプライヴァシーを求め、まわりのことなど我関せずといった、新婚ほやほやの学生夫婦たちだった。彼らは自分たちの部屋の中では騒がしくて陽気だが、一歩外に出ると何事にも関心を払わない。ときどきデュヴァルは階段で彼らとすれちがったが、夜の嬌声とそのむっつりとした日中の顔つきとを、ひとつに結びつけることができなかった。春の学期が終わったとき、ポーラは「私、家に帰れないわ——殺されちゃうもの」と言った。何か手を打たなくてはならないことはデュヴァルにももちろんわかっていた。

彼は十九歳で早く大人になりたくてたまらず、そしてまた自分が不完全であると感じていた。本を読み、想像力を炎のごとく燃えあがらせ、何かを書こうとしていた。これまでにかたちあるものを書きあげたことなど殆んどないにもかかわらず、自分が何ら犠牲を払うことなく大きな幸運を手に入れることのできる人間であるという確信を彼は抱いていた。自らの幸運を信じていたし、その信念のおかげで強固でつけいる隙のない、しかし孤独で打ちとけない人間となった。彼は自分がやろうと決めたことはそれが何であれやりとげることができた。ユーモラスな上手い文章を書く才能に自分でも自信を持っていたのだ。彼の散らせる火花は星のように自らを暖め、年齢さえ重ねれば（それも数年のうちに）、成功は訪れると約束していた。それは実に明白なことだったのだが、そこにポーラが現われて彼の思い描いていた未来をしぼませてしまったというわけだ。彼女の妊娠の知らせは来たるべき将来の姿をまざまざと見せつけ、そんなこと予想だにしなかった彼を固く凍りつかせてしまった。彼はもはや一人ぼっちではないのだ。彼女は二十一の大人の女で、二人の年の差に対して腹を立てていたものの、その茶目っ気のある可愛らしい顔と、ブロンドがかったまっすぐな髪と、赤みを帯びた肌のせいで、デュヴァルよりも若く見えた。かつてはデュヴァルも彼女を愛していた。

一年前なら彼も彼女と結婚していたかもしれない。でも愛は既にさめ、熱気は消え失せていた。そして一カ月後に、彼女は妊娠していることを彼に告げた。事態の展開があまりにも急だったので、二人にはそれぞれの気持ちをきちんと語りあう余裕さえなかったし、デュヴァルとしては、もう君を愛してはいないんだと打ちあけることで、これ以上彼女を傷つけたくはなかった。こうなっては愛なんて問題じゃない。事実の方が遥かに重みを持っている。彼女は彼の子供を産もうとしているのだ。離ればなれになっていた混乱の一カ月間、二人は手紙で様々な選択肢について検討した。堕胎の話が出ると、彼女はびくついた。「編みもの針」と彼女は言った。彼は彼女をなだめてからサマヴィルのある女に電話をかけた。その女は六十ドル出せばやってあげるから、電話をかけなおしてくれと言った。彼が一週間後に電話すると、女はヒステリカルに大声で泣きわめいた。逮捕されちゃうよ、と女はひどい声で言った。しかし女はひきうけてくれた。「これで最後だからね！」デュヴァルは二度とその女に電話をかけなかった。かといって結婚するにはもう手遅れだった。その結婚がどういうものだか目に見えていたからだ。慌ただしいつじつま合わせ、出口のない暮らし、人生の終わり。彼らの求めていたのはそんなものではなかったし、それにもう恋が終わったことは二人にはわかっていた。

にもかかわらず、彼らは怯えていた。しかし二人で一緒にいるとその恐怖は減少した。二人は身を寄せあい、希望を抱き、親切になろうと努めた。贅沢なんか言ってる場合ではない。しかしそれはそれとして、彼らは何らかの奇蹟が起こって自分たちが解放され、ある朝起きたら晴れて自由の身になっていたというようなことが起こらないものかと心の底で願っていた。そんな思いのせいで彼らはそわそわとして落ちつきがなくなり、また妊娠さえなければ、子供さえできなければ、こんな相手とは一緒にいないのにという確信を、それぞれに深めていくことになった。

どこかに行って身をひそめている必要があるように思えた。両親が彼らのことを気にしはじめていたからだ。デュヴァルは船に乗って働くつもりだと言った。ポーラはニューヨークで夏を過すと手紙を書いた。そして両方の親たちをそんな説明で納得させたのちに、二人は飛行機でサン・ファンに飛んだ。サン・ファンに行くことは、希望の実現する可能性を高めることでもあった。それくらい遠くに行けば、それくらい見知らぬ地に行けば、ということである。蒸し暑さ、匂い、黄褐色の顔、そして椰子の木の姿。ここでなら、この緑の島でなら奇蹟は起こるかもしれない。二人は部屋の中でじっと待った。

　朝には窓から、崖みたいなバルコニーがついた、高いスタッコ壁の旧市街の家々や、砦の城壁や、堤防と海のあいだにたち並ぶ集落のとがった屋根が見えた。棒と椰子の葉でできたそのスラムは、この地方では真珠《ラ・ペルラ》という名で知られていた。音楽も聞こえた。同じ唄が何度も何度も繰り返された。饒舌なトランペットと、ギターの爪弾きと、哀しげなスペイン語のテナー。通りの叫び声も聞こえた。新聞売りが「――パルシャル〔訳注・後出『リンパルシャル』紙のこと〕」と叫ぶ声、物乞いの子供たちのおしゃべり、かき氷《ピラグア》の荷車を引いていくアイスクリーム売りの男。そしてスペイン語でがなりたてる一人の老女の普通じゃないやかましさ。二人は何日もその女の声を耳にしていた。まるで何かに傷つけられているような声だったが、実際に目にすると女はコロラマ玩具店の前で宝くじを売っているだけだった。彼女にはどなる必要があったのだ。彼女の商売仇は小さな脚と巨頭を持った小人で、彼は角をひとつ曲がったところにあるコロン広場で椅子に坐っていた。一見するとまるで切りとられた頭が椅子のシートの上にひょこっと置いてあるみたいだった。大抵の人々は慈善心と運が向くようにという気持ちから、小人の方からくじを買った。

デュヴァルは近所を探索し、土産話をもって戻ってきた。人々は傷を負って頭がいかれているか、あるいはひどく哀しげだった。家のない子供たちや、広場のコロンブスの銅像の下の大理石のベンチで眠る老女たちがいた。新聞売りは——顔は黒く日焼けし、髪はオレンジ色に焼けている——終日ひなたに立ち、夜になると酔払ってかすれた声でしくしくと泣き、通行人に向かってペニスを振った。頭に赤いスカーフをかぶった片脚の男がいて、立ち止まって物乞いをするときには松葉杖の横棒に義足をひょいとひっかけ、海賊みたいな目つきでじろりと睨みつけて金を要求した。両脚のない男もいて、丈の低いがたがた音を立てる台車に乗って、両手で漕ぐようにサン・フランシスコ通りを往き来していた。ある朝デュヴァルは一人の兵士の熱弁に聴き入っている興奮した人だかりを見かけた。「あいつら軍隊を作ろうとしてるんだ」一人の見物人が言った。「サント・ドミンゴを攻めて、トルヒーヨを殺すんだと」

毎日、午後になると雨が降った。数分で降りやむこともあれば、二十分降りつづくこともあった。木を燃したときのようなぱちぱちという大きな音を立てる雨だった。雨が降ると人々は軒下に走りこんだ。頭のおかしい連中や、ラ・グロリアから来た五ドルの娼婦や、物乞いや、女学生や、体の不自由なものや、侵攻軍の新兵なんかがそこで、口もきかずにじっと雨を見ていた。雨があがると建物からしずくがぽたぽたと落ち、濡れた生ゴミの胸くそ悪い臭気があたりに満ち、太陽にあたためられた路面からは黄色い蒸気が立ちのぼった。シーズン・オフだったので、旅行者なんて殆んどいなかった。海軍基地の水兵たちや商船員たちがドックからどっとやってきて、日陰と葉巻売店があり娼婦がたむろしている広場をうろうろしていた。

見るからに胡散臭い土地だった。逃亡者と、仮住まいの人々と、救いなく損われた連中の島である。ポーラとデュヴァルには、自分たちがその島にふさわしい人種であるように感じられた。そのようなわけのわからない場所なればこそ、二人は無名の存在になれるのだ。しかし彼らはまた怯えてもいた。ひったくりにあうのではないかと心配だったし、この先どうなるのか見とおしも立たなかった。デュヴァルは昼のあいだは一人で出歩き、夜になって旧市街が耳ざわりな人声や唄や車の音やラ・ペルラの近くの波音に満ちるころには、ポーラと二人で部屋にいた。十二時になると地区のあらゆるラジオは国歌を流した。La tierra di Borinquén, donde me nacido. Isla de flores（ボリンケンの地、わが故郷、花の島）――デュヴァルにはその単語は聞きとれたものの、意味は理解できなかった。

二人のいる部屋は通りに面していた。同じ階には他に二つ部屋があり、ルイス氏とアントニオが住んでいた。ルイス氏の家はアレシーボにあった。彼は週末になると家族の住む家に帰り、日曜日の夜にはマンゴーを入れた袋を下げて一人で部屋に戻ってきた。こんな部屋は大嫌いだと彼は言った。「ときどきたまらんくらいひどくなる」彼は蟻とゴキブリと暗闇を憎悪していた。「蟻を焼くんだよ」と彼は言った。そして「あいつらが死ぬとき立てるぷちんという小さな音を聞くのが好きだ」と。

アントニオはルイス氏のことを好きではなかった。アントニオはプエルト・リコが合衆国五十一番めの州になってほしいと望んでいたし、ルイス氏は独立を望んでいた。ポーラとデュヴァルの顔を見るたびにアントニオは「第五十一州！」と叫んだ。アントニオは夜の仕事をしていたが、どこで働いているのかは決して明さなかった。午後、彼はサン・フランシスコ通りの戸口に立って、女が通りかかるたびに"Fea...fea"（醜い、醜い）とつぶやいていた。俺は女たちの気をひくためにそうしているんだ、と彼は言った。ときどき女たちは歩を止めて話をし、彼と一緒に部屋に上っていった。アントニオは隣の部屋に住んでいて、そんな折りには肘が壁にゴッンとぶつかり、ベッドは鋸《のこぎり》でふたつに切られているみたいなキイキイという音を立てた。

建物の持ち主はゴンザレス夫人――重々しく黒い服を着こんだ若いぽっちゃりとした後家さんである。彼女の骨董品店は建物の一階にあり、午後のあいだずっと彼女はココナッツの繊維と竹で土産もの――プレース・マットと魔女の顔をした人形――を作っていた。彼女はとくに友好的ではないにせよ、さしでがましいことも言わなかった。ポーラとデュヴァルに部屋を貸しながら、質問は一切しなかった。彼女は一目見ただけで、二人が駆け落ちしてきたことを見抜いたようだった。

二人は一緒に外出しはじめたが、選ぶ道筋はいつも同じだった。広場まで通りを歩き、そこを越えて砦まで行き、ポンセ・デ・レオンの葬られている大聖堂まで丘を上って、そのいちばんてっぺんの先のバルドリオティ・デ・カストロで自分たちの家のある通りと出会う。二人は誰にも話しかけなかった。言葉がわからなかったからだ。二人は食料品を買うとき、それを指さしてにっこりと笑い、金を見せた。子供の奮闘、子供の仕草だ。毎日毎日、二人は同じものを食べた。米がぼってりと入ったマッシュルーム・スープとパイナップルとアイス・クリーム。ポーラはミルクを一クォート飲んだ。二人は使ったお金をきちんと記録していたので、自分たちの持ち金がゆっくりと消えていく様子がわかった。惨めさ――それこそが彼らの期待したものだった。この緑色の、醜く歪められた島こそが世界だった。そこは日中はくそ暑く、夜は悪臭で満ちた。いたるところに脚の悪い人間がいた。しかし二人は結局そこを選んだのであり、二人はこの場所に相応しい人間だった。ここにいると罰を受けているという実感があった。そしてときどき二人は、自分たちがこんなところで生き延びていることを幸運であると感じた。そこにいる人間は誰も、親たちをあざむいているといって彼らを責めることはできなかった。二人は他人の目に映るとおりの人間――出産を待っている若いカップル――であり、南国の人ごみの中では名を持たなかった。

二人が喧嘩することは殆んどなかった。二人は自分たちには幸福になる権利なんかないと感じていたものの、それでもためらいがちにではあるにせよ楽しい思いをしていた。この限定された場所に二人きりでいるというささやかな解放感もあった。時折腹を立てて二人は黙りこんだ。ポーラはスペイン語の勉強を、デュヴァルは執筆を近いうちに始めようと決心した。時間を有効に利用するために。

二人きり、といっても彼らはまったくの二人きりであったわけではない。どちらもそれはわかっていた。二人のあいだにはもうひとつの存在があって、それは暗闇の中にじっと身をかがめているのだ。二人は現在という時制の中に身を置き、ゆっくりとした時の流れによってやむなく前に押しだされていった。二人は赤ん坊の話を持ちだしたくなかったから、将来のことは話さなかった。彼らはその話題を避けていた――それは二人に選択を迫り、時はどんどん過ぎていくんだぞと教えることになる。そこにあるのはただの物理的な重みではなく、生命ある人間存在だった。二人は夜になると自分たちが目にした奇異なもの――宗教的行列や、裏の屋根にいた緑色のトカゲや、うるさい台車に乗った両脚のない男なんかのことを、脈絡もなく漫然と語りあって時を過した。太陽は悪夢のまやかしのしみを取り去り、そんな風景のひとつひとつを生き生きとした見ものにしていた。

二人は自分たちが何かを避けていることもわかっていた。まるで二人の他にもう一人べつの三人めの人物、感覚はあるが口のきけない人物がいるような感じだった。そしてその人物について話そうとすると、きまって誤解やいさかいが持ちあがってくるのだ。その人物のことを二人はまるで知らなかった。それは二人にとっては島の全ての住民と同じように謎の存在であった。それはポーラの体内にいて、彼女が何かを囁こうとして近づくと、それがデュヴァルの体にどすんとあたった。そうすると二人の夜は突然の沈黙に包まれ、小さく無力な聴き手の存在感によって、しんと静まりかえってしまうのである。二人は部屋の中に坐って、第三者からの合図をじっと待っている人々のようだった。彼らの静けさには怯えておどおどしたところがあったが、それはたとえば臨終のような重々しい何かをただ待ち受けている人々の静けさに似ていた。

まわりの人々は二人に、自分たちの待機している理由を思い出させた。二人にマンゴーをくれるルイス氏は子供たちの写真を出して、一人一人の名前を教えてくれた。アンヘル、マリア、ホセ、パブロ、コンスタンサ。うちの女房も妊娠中でね、と彼は言った。彼は父親としての誇りと忍従を共に分かとうじゃないかといわんばかりに、デュヴァルを肘でつついた。アントニオも気をつかって、デュヴァルがラ・グロリアに一人でいるのを見かけると「奥さん、具合どう?」と訊いた。まるでポーラが病気で、デュヴァルが慰めを必要としているみたいだ。ポーラは健康なことは健康だったが湿気のことで愚痴を言い、歩くと脚が腫れると言った。だから日中は、横になって休んでいた。島に来てから二週間ほど経ったある日、ポーラは足首が大きくなったような感じがすると言った。デュヴァルは両方の足首をマッサージし、「痛むかい?」と訊いた。いいえ、と彼女は答えた。もっと強く押してみたが、それでも反応はなかった。「大丈夫だよ」と彼は言った。しかし数分後にもう一度足首に目をやると、親指のあとが深いくぼみになって残っていた。

熱気は二人をぐったりさせた。国歌が聞こえると彼らはベッドに入り、車や通りの騒音がよろい戸を打つまで目をさますことなく眠った。彼女は汗をかき、熱気を膜のように肌にまとって、深く眠った。しかし眠りに落ちる直前に、世界はなんて酷いんだろうと彼女は思った。本来であれば幸福に浸り、出産を心待ちにし、せっせとそのための準備をしているところなのに。彼女は懐疑的になり、怯えた。私の求めているのはこういうものじゃない。こんなものを押しつけられるにはまだ若すぎる。求めもしない人生が私の上に重くのしかかっているのだ。

デュヴァルの眠りは浅かったが、それはベッドに入る直前の行為によって心が乱されるせいだった。彼は日誌をつけたのである。日記ではない。ポーラのお腹の膨らみ具合についてなんて一行も書かれてはいない。彼が書いていたのは島で見たものについての日付のない短い記述である。まるで難破船の漂流者の書きつづる本みたいだ、と彼は思った。驚異・驚嘆の記録だ。物乞い、たまらない暑さ、蟻、トカゲ。自分自身がどうしたこうしたというようなことも書かなかった。彼はなんとか今回の一件をうまくやり過したいと思っていたし、自分のツキをまだ信じていた。彼はベッドに入る。彼は思いだす。そして目を覚まし、こわごわと自問する。俺はどこにいるのだ、何故こんなところにいるのだ、と。自分が熱意のかけらもなく、押しつけられた任務をいやいやながら遂行しているように感じられた。俺はある一定期間の護衛任務をおせつかったのだ、と。それが終われば自由の身になれる。それでも彼は不安だった。本来の場所からあまりに長く離れているし、もとの自分に戻れるかどうかもわからなかった。この任務とこの場所は俺を駄目にしている。彼は怖くて仕方なかった、こんな遠くまで来てしまって、もう二度と故郷《くに》に戻ることができないのではないか、と。

ある夜、ポーラの泣き声によって沈黙は破られた。彼はポーラを落ちつかせようとした。暑さのせいだよ、よろい戸を開けよう、と彼は言った。

「やめて」と彼女は言った。彼女は動かなかった。横向きになって、彼から顔を背けていた。そして小さなはっきりとした声で言った。「私たち、これからどうするの？」

2

その日は島の祝日だった。ムニョス・リベラの誕生日である。ムニョス・リベラがいったいどういう人物なのか二人は知らなかったけれど、広場はお祭り気分で、バスやタクシーで混みあい、ムニョス・リベラの大きなピンク色の貴族的な顔の入ったのぼりが飾られていた。黒々とした色あいの群衆は、はたはたと風に揺れる肖像の下でいかにも楽しそうに汗をかきながら、波打つように体を揺らせていた。店は閉まり、新聞は休刊、ラ・グロリアから来ている女たちでさえ今日はおやすみだった。彼女たちの六人づれが、タオルと食物を入れたバスケットを手にタクシーに乗りこんでいるのが見えた。海岸に行くのだろう。家族づれ――しかめ面をした父親たちはちょっと離れて歩いている――は新しい服に身を包んで、大聖堂めざしてサン・フランシスコ通りを歩いていた。

活気とざわめきが、窓の外を眺めていたデュヴァルの心を騒がせた。「海岸に行こうよ」と彼は言った。

「お金、いくらあるの？」ポーラは腹の上のブラウスを撫でつけて、その膨らみを強調した。お腹はまだ小さい。

「三ドル」でも本当はもっと少ない。正確な金額はちゃんと頭の中に入っていた。金の記録なんかつけている自分がうっとうしい。

「銀行は今日は閉まってるわよ。サンドウィッチ作って持ってかなきゃ」

「金なんていらないさ」

「あなたカボチャ提灯みたいな顔してる」と彼女は言った。「ときどきあなた、見られない顔してるわよね」

彼は顔を背けた。外の音楽が窓のところまではねあがってきた。いつもの唄だ。今ではその単語を聞きとれるようになっていた。「漁師《エル・ペスカドール》」と「愛しき人《コラソン》」、苦悶に似た叫びが間断なく繰り返される。

「シャワー浴びなきゃ」と彼女は言った。

シャワーは裏屋根の上のセメントでできた小屋の中にあった。小屋の中ではときどき不格好な鳩たちがばたばた飛んだり、巣を作ったりしていた。ポーラはタオルを手にとり部屋を出ていったが、すぐに戻ってきた。

「ゴキブリ」と彼女は言って、タオルを投げた。それは命令だった。

デュヴァルはシャワーに行ってみたが、最初は何も見えなかった。部屋は暑く、べっとりと湿っていて、便所は臭かった。便器の隣には簡単なスペイン語で「使った紙を床に捨てないで下さい」と書いてあった。壁にはずっと以前に何かでなぐり書きされた卑猥な絵があり、ただ一語〝chupo（尺八）〟という説明が付されていた。ゴキブリは床を慌てて走って逃げ、足で踏み潰す前に壁の割れ目の中に姿を消してしまった。流しの中に動くものがあった。彼は蛇口をひねって、ばたばたと逃げようとするものを排水口の中に押し流し、水を出しつづけてそれを溺れさせた。それからビニールのシャワー・カーテンをさっと横に開いた。赤い色をした塊がふたつ、かりかりという音を立ててすべり降り、脚を動かしはじめた。デュヴァルはサンダルを脱いで、その裏で虫を叩き潰した。浴槽からもう一匹出てきたし、流しの裏からも何匹かが姿を見せた。最後の一匹は顎からしずくをたらしながら排水口をよじのぼって出てきた。それをやっつけると、殺したのは全部で九匹になった。彼らは暗い色をして、かさぶたのようで、何匹かは醜いぶーんという音を立てて飛び、空中をいやらしく下降してきた。

ポーラがシャワーを浴びた。デュヴァルはベッドの下にたまっていたペプシ・コーラの瓶を集めて、瓶代をもらうためにラ・グロリアに持っていった。そこにはアントニオがいて、椅子《スツール》に腰かけ、茶色のラムの入ったグラスの上にかがみこんでいた。デュヴァルを見かけると彼は話しかけた。

「良い海岸《ビーチ》を探してんのかい?」と言ってアントニオは口髭をなめた。「ルキヨに行くといいよ」

デュヴァルはびっくりしたが、すぐにアントニオの肘打ちが聞こえる薄い壁のことを思い出した。「どういう風に行くの?」と彼は訊いた。

「バスでリオ・ピエドラスまで行って、それから乗合タクシー《プブリコ》」アントニオは微笑んだ。「プエルト・リコ、気に入ったかい?」

「オーケーだよ」とデュヴァルは言った。

「暑すぎる。ニューヨークの方が良い」とアントニオは言った。「あそこにいたんだ。なあ、俺にも子供がいたんだよ、ニューヨークでさ。でもここに戻ってきた。女の子とは遊びでつきあえる。しかし母親は一人しかいない」

「ムニョス・リベラって何者なんだ?」とデュヴァルは訊いた。

「ここのジョージ・ワシントンみたいなもんさ」とアントニオは言った。「一杯やれよ。おい、ルイス、こっちに来ないか!」

「またこんどね」と言って、デュヴァルは空瓶をバーテンにわたし、その金でペプシを二本と油っぽいフリホーレ豆を買った。

「ニューヨークにいる奴はみんな俺のこと知ってるよ。訊いてみな」

部屋に戻るとポーラはサンドウィッチを作っていた。固ゆで玉子を三つ皿の上で刻んでいた。パンは固くなり、固い皮には白かびの小さな点があった。彼女はパンをきれいにこそげ、水っぽいマヨネーズをうすく塗った。「冷蔵庫が要るわね」と彼女は言った。

「そのサンドウィッチは大丈夫だろう」

「いいえ」と彼女は言った。「チーズの中に蟻がいるわ」

デュヴァルはチーズの四角い小さな塊を手にとって、蟻をつまみだし始めた。ポーラはいかにもむかつくといった顔で彼を見た。彼はチーズを紙で包んでゴミ入れに放りこんだ。

「捨てるつもりだったよ」

「食べるつもりみたいに見えたけど」と彼女は言った。

彼は頭を振った。でも彼女の言うとおりだった。彼は虫のことがもう気にならなくなっていた。俺は虫に対する嫌悪感を克服したのだ、と彼は思った。島には蟻やら蜘蛛やらゴキブリやらがうようよと蠢《うごめ》いていた。昼間は蠅が出て、夜には蚊が出た。彼はそれらを手で払った。数が多すぎて殺し切れない。

「私、海岸に行きたくない」とポーラが言った。

「他にやることもないだろう」

二人は近所の海岸に行ったことがあった。カーネギー図書館の向かいの海岸だ。海岸は砂質の断崖の下にあり、岩がゴツゴツして流木や油のついたロープのきれはしがちらばっていた。ぼろを着たラ・ペルラの小屋の子供たちがうろつきながら、じっと二人に視線を注いでいた。二人はアントニオの忠告に従ってルキヨ海岸《ビーチ》に行くことにした。ルキヨは有名なビーチで、観光ポスターにも出ていた。

バスと乗合タクシーを乗り継ぐ長い道のりだった。ひょろ長い脚柱のついた沼沢地のスラムの家々や、密生した丈の高いサトウキビ畑や、そのあいだにところどころはさまれた若いとげだらけのパイナップル畑を通りすぎていった。火山みたいに青い色のがっしりとした丘が遠くの方に見えた。二人は正午にビーチに着いたが、美しいのと殆んど人影がないこととにびっくりしてしまった。ピクニックのグループが何組かいて、黄色いスクール・バスが一台ひびわれたセメントの駐車場に停まっていたが、泳いでいる人は殆んどいなかったし、日光浴をしているものなど皆無だった。

ビーチは真っ白で、三日月形をしていて、キラキラと眩しく輝き、緑色の入江の波にやさしく洗われていた。ビーチ自体は広くはなく、ほっそりとした椰子の木にまわりを囲まれていた。長い椰子の葉がもったりとした緑の羽根のように揺れ、沢山の爪が横風にあおられているようなカサコソという乾いた音を立てた。風が強くなるとその音は激しい羽ばたきのようになり、最後には息のつまったあえぎになった。椰子の木のあいだでは子供たちがかくれんぼをしていた。彼らが木から木へと走ると、その体を縞もようの影がさっと走り、笑い声が樹間を抜けた。

デュヴァルとポーラは小学生たちの姿が小さくなり、声が聞こえなくなるところまでビーチを歩いた。そしてタオルを広げ、椰子の木陰に寝転び、鏡のような緑の海がそよ風に吹かれてしわを作り、金属片のような眩しい光を投げかけるのを眺めていた。

「ジェイク！」彼女が彼の腕をひっつかんだ。彼はあたりを見まわして、三フィートほど離れた砂の中に鼠が死んでいるのをみつけた。彼女の二度めの悲鳴でそれは動いたように見えた。トカゲだった。四匹の暗緑色のトカゲが彼女の声に驚いて慌てて逃げ、かさかさになった死体を動かしたのだ。

「怖いわ。どこかべつのところに行きましょう」と彼女は言った。

トカゲたちはその小さな竜のような頭を上げたり下げたりして、チロチロと舌を見せた。彼らはこそこそと戻ってきて、再び鼠を食べ始めた。ポーラとデュヴァルは身動きひとつせずにじっとしていた。今ではその臭いを嗅ぎ、蠅の羽音を耳にすることができた。

「ちょっと待って」とデュヴァルは言った。彼は立ちあがってトカゲたちを四散させ、そこに砂をかけた。その悪臭を放つものは砂山の下に隠された。彼はポーラに向かって微笑んだ。

「さあ、食べよう」

サンドウィッチは悪くなりかけているようなほこりっぽい味がしたし、フリホーレ豆は冷えてべとべとして、食べられた代物ではなかったけれど、二人は何も言わずに食べた。そして椰子の葉のそよぐ音に耳を傾け、波が砂浜に寄せ、砕けるのを眺めていた。彼らはただ口を閉ざしていた。彼らは新参者だったし、来たばかりで音をあげて愚痴をこぼしているようでは運だって逃げていってしまう。愚痴は弱さのあらわれだし、相手の勇気までをも挫《くじ》いてしまうことになる。彼らは心密かになんとかここから助け出してほしいと願っていた。このまがいものの夫婦生活や、逃れようのない赤ん坊の到来から救い出してもらいたいと。そして二人は保護されることを切望していた。彼らは事態が一変するのを待ち望んでいたが、今までのところ変化らしきものは何もなかった。空には雲ひとつなく、太陽は砂を圧するように照りつけ、海に船の姿はなかった。

ポーラは愚痴を口にすることをやめていて、それは立派だとデュヴァルも感心しているのだが、それでもなお彼の思いやりの感情には怒りが混じっていた。彼はこの女にひっぱりこまれたのだ。でももちろんそんなことは口にしない。相手がやはり同じように感じているということが彼にはわかっていたからだ。二人は互いに腹を立てあっていたのだ。

しかし彼女の頑ななまでの物静かさは、時折恐怖によって乱された。いちばん切迫した恐怖はデュヴァルが彼女のもとから出し抜けに去っていってしまうのではないかということだった。部屋に戻ってみると彼はもういなくなっていた、ということになるのではないか。捨てられることが怖かったからこそ、彼女はかんしゃくをぐっと抑えていた。怒らせてはいけない。そんなことしたら彼はすぐにどこかに行ってしまう——彼はまだ若いのだ。デュヴァルは立ちあがって、砂浜を海に沿って少し歩いた。彼女は赤の他人を見るようにその姿を眺めていた。彼ががりがりにやせていることにあらためて驚かされた。すでに色褪せたしわだらけのショート・パンツにぱたぱたと揺れるシャツという格好で彼は砂を蹴り、それから顔を上げ、椰子の木に向かってしかめ面をする。本当に子供なんだ。こんなあてにならない子供になんで私はたぶらかされたのだろう。

デュヴァルはじっと椰子の木を眺めていた。木の根もとに立った彼の頭上で、椰子の葉は完璧な緑の車輪を形成していた。その中心のハブは、房のように固まったキラキラ光るココナッツだった。南洋の浜辺、海上の太陽、ココナッツ。そう、彼が島に期待していたのはこういう情景だった。南国の木々に囲まれて命をつなぐ漂流者の情景だ。そよ風が椰子を揺らせた。デュヴァルは石をひとつ手にとり、思いきり投げつけた。狙いは外れたが、もう一度やると今度はココナッツに命中した。大きな実が枝の上で肯くように揺れるのが見えた。

ポーラは苛立ちを強めながら彼の姿を見ていた。とても幸せそうに、木に向かって無心に石を投げている。いったい何をやってるのよ？　まるでもう他の何も目に入らないみたいだ。大人の男だって遊びに夢中になることはあるだろう。しかしあまりにも振舞いが子供っぽすぎる。このようなデュヴァルのはしゃいだ気分が彼女を不安にした。彼女が求めているのはそばにいて、親切に励ましてくれる相手だった。彼女はまるで子供に対するように、彼に向かって「よしなさい！」と叫んだ。

デュヴァルは動作を止め、肩をすくめ、石をもうひとつ投げた。

「よして！」

「あのココナッツを取るんだよ」と彼は言った。彼の求めているのは小さな勝利、賞品だった。なんとかその殻を割って、彼女に甘い水を飲ませてやりたかった。それから二人で白い果肉を食べるのだ。サンドウィッチなんかよりはずっと美味いはずだ。

　ココナッツは落ちてこなかった。石はごつんと命中したものの、果実をもぎとることなく空しくはねかえった。彼は重い木ぎれを拾って投げ、うまくあてた。ココナッツは少し動いたものの、落ちてはこなかった。木を揺すってみても駄目だった。こんな簡単なことがどうしてうまくできないのだろう？　もうひとつ木ぎれを投げてみた。木ぎれは葉をつき抜けて、ポーラの近くに落下した。

　彼女はさっと立ちあがって「私にぶつかるところだったのよ！」と言った。

「ごめん」

「やめてって言ったでしょ。さっさとやめてよ」

　彼はそこを離れ、うんざりした気分で彼女の隣に戻った。彼女はまっすぐじっと前方の海を見ていた。彼は自分がポーラに馬鹿にされているように感じた。それはココナッツを落とそうとしたからではなく、それをうまくやりとげられなかったからなのだ。

彼女は砂浜をそぞろ歩きし、波打ち際までいってスカートを腿まで上げ、浅い波の上を歩いた。デュヴァルはあたりを見まわした。遠くの方に子供たちと法衣を着た二人の司祭の姿が見えた。椰子の幹と幹のあいだに茶色と黄色のストライプが見えた。彼はショート・パンツを脱いで水泳パンツにはきかえた。

「美しい所だね」と彼は彼女の背後に近づきながら言った。

「楽しい旅行ならよかったのにと思うわ」彼女はひびだらけの砦の上の爆発したような夕陽を前にしたときもそう言った。涼しい広場についても、サン・フランシスコ通りのたそがれどきの陽気な気分についても同じことを言った。そういうしつこい繰り返しが彼は嫌でたまらなかった。結婚とはそういうものなのだ。繰り返しだ。

彼はポーラのそばを通りすぎて水の中にとびこみ、きらめきと温もりの中にしばし体を浮かべた。それで苛立ちが消えていった。彼は太陽の光の届く海底に簡単に泳ぎつけた。黄色が、次いで青と緑がきらきらと舞い、やがて光の軸がまっすぐさしこんだ紫色の海底が見え、つるりとした大きな丸石から生えたぺらぺらの海草の茎がゆらゆらと揺れているのが見えた。この色鮮やかな温もりの中で彼は束の間の自由を満喫した。そこでは何もかもが背後に押しやられていた。彼にとって未来とはかくのごときものだった——その名状しがたい幸福、何げなく選んだ場所でもたらされる成功と勝利。まるで水中でも呼吸ができるかのように彼は軽々と体を動かした。彼の肺は何の苦もなく機能していた。やがて一筋の冷たい水が彼の体をつたって流れていった。彼は向きを変え、大きく円を描いてあたたかな浅瀬へと戻っていった。水の上に頭を出すと、突然の空気と太陽の眩しさが彼を咳きこませた。

「あなたのせいでびしょ濡れよ！」ポーラは波打ち際に立ち、しぶきに濡れたスカートを持ちあげ、大仰に文句を言いたてていた。「あなたがとび込んだりするからでしょう。子供みたいな真似しないでよ！」

「そんなの乾いちまうさ」と彼は言って、彼女の方に近づいていった。

「私に水はねかけないでよ」と彼女は言った。

「水に入りなよ——素敵だぜ」

「水着がないじゃない」彼女は妊婦用の水着を買おうとしたのだが、安物店には売っていなかった。プエルト・リコの女性は妊娠中には泳がないのだ。ヒルトン・ホテル内の旅行者用水着店のものは値段が高すぎた。

「水着なんか要るもんか」と彼は言った。「誰も見ちゃいないよ」彼はまた水に入り、水泳パンツを脱いで砂の上に放り投げた。

「いやよ」と彼女は言ったが、それでも心もとなげにあたりを見まわした。それは日中でもとびっきり暑い時刻だった。砂浜には人影はなく、木々のあいだにも人の姿は見えなかった。子供たちと司祭たちはどこかに行ってしまい、スクール・バスもいなくなっていた。彼女はどこまでも広がる真っ平らな海の隣に一人ぼっちでいることで、自分が矮小で不格好であるように感じられた。彼女はスカートをたくし上げて何歩か水の中を歩いたが、その途端に泳ぎたくなってしまった。

彼女は砂浜に行って乾いた砂の上に身をかがめ、服を脱いで畳み、きちんとまとめた。水に入ると、それまでに感じていた暑さと重くるしさは一瞬のうちに消えてしまった。彼女は不格好な肉体から泳いで抜け出して、若々しい肉体の中に入りこんでいた。彼女は再び無垢な存在になった。緑色の海が彼女を包み、きゅっとしまって涼しく感じさせた。二人はべつべつに長い時間水に浮かんで、あおむけになって顔を焼いた。二人の耳は水が入ってぶうんという音がして、聞こえなくなってしまった。デュヴァルは泳いで近づき、彼女を抱いた。相手もしっかり抱きついてきたので、彼は興奮した。

「だめよ」と彼の興奮を体に感じて彼女は言い、砂浜の方に顔を向けた。「ここじゃだめ」

彼女が何を言っているのか、デュヴァルには皆目聞きとれなかった。彼は彼女の脚のあいだに分け入り、二人はうずくまって肩まで水につかった。彼の顔は熱くほてり、彼女の頬に塩が散っているのが見えた。耳のところの巻き毛に水滴がついて輝いていた。彼女は緊張しているようで、彼が中に入ると、ぐっと唇を噛みしめた。二人の肩がばしゃばしゃ水をはね、触れあい、離れ、水のうねりの中でまた水をはね、彼らは自分たちの体が立てるごぼごぼという音を耳にして、恥ずかしげに互いの顔を見あわせた。それから彼は動きを早くし、体をこわばらせると、顔のほてりが引いた。彼女は戸惑って今にも何かを口にしそうだった。彼は彼女に口づけした。水はぴたりと静まりかえって、彼の片方の腕のわきには一筋のもやもやとしたくずが、まるで深海から浮かびあがってきた生物の死体のように漂っていた。

そのあとで二人は服を拾いあつめ、木陰に休んだ。ポーラは横向きになって片腕を枕にうとうとと眠っていた。デュヴァルは彼女をそこに置いて椰子の木のあいだを抜け、まばらな低い茂みと、黄色い細長い葉のついたずんぐりした樹木がはえている、少し開けたところまで歩いた。その先何マイルか内陸部にはさっき乗合《ブブリコ》から見た熱帯樹林が見えた。エル・ユンケとスペイン語で呼ばれる、密生した巨大な暗青色の森は、まさに陽光に見捨てられた場所だった。今の彼にはそれらの巨大な枝を垂らした樹々と、そこから立ちのぼる霧と影はあたかも、彼がうちのめされるときをじっと待ちかまえているように思えた。ひとつまちがえば自分の人生はそのとおりになってしまうのだろう。森は暗く塗りこめられている。彼は長くのびたつる草の中で道を見失い、体をからめとられ、巨木のたち並ぶ広大な地に、名もなき存在として朽ちていくのだ。海が希望を与えてくれたのと同じように、森は彼に警告を与えたわけだが、その森のおどしは彼がこれまで経験したことのないくらい厳しいものであり、それが示したのはしょぼしょぼと萎縮していく成人の世界だった。来たるべき暗闇と、腐肉を漁る裸の種族たち。一人っきりならうまく逃げ出せるのになと彼は思った。そんなところに入るのは、こそこそと逃げかくれする小心者だけだ。僕のようなまだ若い人間が足を踏み入れる場所じゃないんだ。そのような高くそびえたつ影を探索するには時期が早すぎるし、今そこで道に迷うことは、永遠にその中で迷いつづけることを意味する。

二人が海岸をあとにしたのは五時を過ぎてからだった。リオ・ピエドラスでバスを待たなくてはならず、二人が旧市街に戻ったとき広場には灯が点って、地区全体に祭りのあと特有のあのぐったりとした疲労感が漂っていた。

ミルクが悪くなっていたので、デュヴァルはラ・グロリアで一パイント買い、通りの屋台でハム・サンドウィッチを買った。ポーラはそれを食べるとベッドに横になり、服を着たまま即座に眠りこんでしまった。デュヴァルは彼女の体にシーツをかけ、ライトを消した。眠っているポーラを見ていると、彼の心はいつも彼女に対する優しさでいっぱいになった。ほんのちょっとでもその体を動かしたら壊れてしまいそうに思えた。

窓際で、コロラマ玩具店の灯を利用して、彼はその日に目にしたものを書きつづった。サトウキビ畑、緑色の海、ココナッツ、鼠を食べていたトカゲたち、巨大で陰鬱な熱帯樹林。書いているうちに腹が減ってきたので、階下に降りていった。しかしラ・グロリアに入ってポケットに手をつっこんでから銀行に行かなかったことに思いあたった。彼はアントニオの姿を探し求めた——アントニオなら約束どおり一杯おごってくれるかもしれないし、フリホーレ豆を買うくらいの金は貸してくれるかもしれない。でもアントニオの姿はなかった。バーの中でにぎやかにざわめく人々を見ていると、デュヴァルは自分が情けなくなった。

ぶらぶら散歩しようかとも思ったが、そんなことしたら余計に腹が減る。それにサン・フランシスコ通りの先の方にある高級レストランで豪華な食事をしている人々の姿を、ガラス越しに眺めることになる。歩くのがうんざりする理由は他にもある。結局、文なしはじっとしていろ、ということなのだ。そう思うと腹が立った——自分自身に対して、ポーラに対して。怒りはやがて恐怖に変わった。そのように自らやポーラを責めるとき緑の島は、敵意に満ちた危険な場所、貧困と荒廃の場所、耐えがたい罠へと姿を変えた。

　部屋に戻ってくると自分が書いたものが目についた。センテンスをひとつ読んでみると、それはビーチの楽しさを表現した馬鹿げた一文だった。そのページを破りとり、くしゃくしゃに丸めてゴミ入れに投げ込もうとしたとき、さっき捨てたチーズの姿が目に入った。

　彼は包み紙をとり、こっそりとポーラを見た。二、三匹の蟻がまだそれにたかっていた。チーズは暑さで軟らかくなり、汗をかいていたが、腐敗臭はなかった。彼は真っ暗な部屋の床に膝をつき、むしゃむしゃと全部食べてしまった。

3

　従順な蜘蛛たちがバイオリンの弦の上で踊っている。空中には氷の吹きだしが浮かんでいる。休憩――彼の指からは覚醒が血となって流れだす。コンサート会場で、彼の頭にはそんなイメージが浮かんだ。彼はそれを書きつけて、良い出来だと感心した。文章は音楽のように彼の気を静めた。コンサートは彼の思考を助けてくれた。

コンサートは毎日曜日の午後に文化センター――アベニーダ・リベラにある椰子の木に囲まれた美しい家――で催された。聴きに来る人々は島の住民らしからぬ人たちだった。青白い顔のスペイン系、きちんとした背広を着た学究的な黒人たち、サマードレス姿のやせ細った老女たち。人声を排した室内楽は、慰撫するように彼の想いをもりたててくれたし、コンサートが開かれる部屋は清潔でエアコンがきいていた。ポーラとデュヴァルは柔らかなソファーに心地良く坐って、モーツァルトと涼しい空気を胸に吸いこんでいた。それは彼らの活動の一部分になった。夕刻の大聖堂までの散歩や、海に沈む太陽を見るための砦までのそぞろ歩きなどと同じように。なにしろそれは無料だったから。

二人は自分たちの話をするときのいつものひそひそ声で、ためらいがちに金のことを語りあい、頭を痛めるようになった。二人は一カ月のあいだに約百ドルを使っていたが、そのような質素な暮らしぶりでも――これ以上倹約する余地なんてないのだ――二カ月後にはすっからかんになることはわかりきっていた。日曜日のコンサートは無料だし、散歩も一銭もかからなかった――しかし食料品は買わなくてはならないし、家賃だって払う。帰りの航空券については、二人は一切口にしなかった。金が足りないという思いがいつもあって、そのせいで頭がぼんやりと痛んだ。それは罪悪感のしみにも似た鈍い肉体的苦痛であり、日が経つにつれて、その痛みは激しくなる一方であった。

「仕事をみつけなくちゃな」とデュヴァルは言った。

「私も手伝えるといいんだけど」ポーラのお腹はもうずいぶん大きくなっていた。動くたびにお腹が左右に振れるので、すぐに疲れた。しかし彼女はまだリオ・ピエドラスに行ってスペイン語を習いたいと言っていた。問いあわせてみると、そのコースは二十五ドルかかるということだった。それが話のほかであることはどちらにもわかっていた。彼女のスペイン語、彼の執筆――それらは果たされることとのない約束であるように見えてきた。彼の書くものは何から何まで不完全に感じられた。それらの文章は緑のイメージの印象的な島の姿を捉えてはいるものの、それぞれが断片で、ひとつに結びつかなかった。

「あなた、ヒルトン・ホテルに行くといいわ」とポーラは言った。

デュヴァルは抵抗した。一マイル離れた場所にあるヒルトンは彼が憎み恐れているものを、彼があとに残してきた全てのものを、彼に思い出させた。屈辱をだ。

仕事をみつけるよと彼は言って、それ以来朝になるとネクタイをしめ、くたくたになったグリーンの背広を着て、家を出た。ポーラは「頑張ってね」と言ったが、階段のいちばん上の段に立っている彼女の姿を見ると、デュヴァルは彼女に対しては悪いなと思いつつも、自分に同情しないわけにはいかなかった。なんでこんなことしなきゃならないいんだよ、この年で、と彼は思った――俺にはもっと違った未来があるんだ、こんなこといつまでもやっていたくないよ。広場に足を踏み入れるや否や、仕事探しの気力は失せてしまった。なにしろ暑くて、市バスに乗る前から既にへとへとだった。彼には何の技能もない。スペイン語が話せるわけでもない。もっと悪いことに、職探しに歩きまわっていたあいだ、家でじっとしているよりずっと沢山の金を自分が使っていることに気づいた。バス賃、昼食代、かき氷《ピラグア》、新聞。彼は『アイランド・タイムズ』という週刊の英字紙を買い、求人広告に目をとおした。秘書、製図工、薬剤師、事務、会計士。彼にできそうな仕事なんて何ひとつなかった。

しかし、彼は文章を書くことができた。この奇怪な場所で、書くことへの衝動をどう扱い、既に書きつけた断片をどうつなぎあわせればいいのかというコツのようなものがだんだんわかりはじめてきたところだ。とにかく自分の身にふりかかっていることの哀しい物語を書けばいいのだ。まったくこの緑の島のおかげだった。生き延びてここを出ることができれば、俺の想像力の鋭敏さが証明されるだろう。そして再び一人きりになりさえすれば、俺は作家になれる。しかしそれは無情きわまりない選択だった。自分の自由のために子供を拒否するわけなのだ。

ポーラには何も言わずに、次の日曜日の文化センターのコンサートについてメモをとり、その夜それについて二ページにわたって文章を書いた。音楽家たちや、窓の外に見える椰子の木や、プログラムの演目――彼はそれを盛大な食事のメニューにたとえた――について描写した。読みかえしてみると、それは意あまってこわばり気味の文章で、お世辞と意味のない誇張に充ち、批評にもなっていなかった。とはいえ活字にするだけの価値はあるはずだ。彼は一所懸命それを書いたのだ。一所懸命やりすぎたんじゃないかな、こんなに部屋の照明が暗いのに、と彼は思った。彼はポーラが寝つくのを待って書き始めたが、アントニオの部屋から聞こえてくる物音で二度手を休めることになった。

朝になると、仕事探しに行くよと言って、家を出て『アイランド・タイムズ』のオフィスに行った。そして編集者に会いたいと言った。男はその長い両脚を机の上に投げ出していた。吸いとり紙の上に大きな足がのせられている。彼はぶ厚い黒い口髭をはやし、デュヴァルが自分の書いたものについて説明しても、こくんと肯いたきりだった。デュヴァルは男に原稿を渡した。両脚を上げたまま男は原稿を読んだ。見るからに原稿には興味を持っていないようだった。彼は相手の反応をじっと見守っていたが、男は微笑んだように見えた。

「使ってもらえますか？」とデュヴァルは訊いた。

「検討してみるよ」と男は言ったが、考えてみればそれは彼が口にした最初の言葉であった。

それからデュヴァルは居心地悪さを感じた。自分が敗残者のように思えて、その場を立ち去りたかった。通りに出てから、自分がひとことも金の話を持ち出さなかったことに思いあたった。

次の木曜日に『アイランド・タイムズ』を買ってみたが、彼の文章は掲載されていなかった。数マイル沖合のビエーケス島で『蠅の王』の撮影が行われているというのがニュースで、コンサートについての記事はなかった。

彼はヒルトンに行ってみた。しかしそこは想像していたような、アメリカ的で威嚇的な場所ではなかった。漆喰は海風で色褪せ、荒廃を示唆する小花がはびこっていた。そしてプエルト・リコ特有のムッとする果物やフリホーレ豆の匂いが、ロビーにまで入りこんできていた。受付は彼に支配人室に行けと言った。支配人室には控室がついていて、そこには若い男から中年女まであわせて十人あまりのプエルト・リコ人がいた。彼らは朝からずっとそこにいるみたいに見えた。テーブルの席についている一人の女が、神経質になっているきついインディアン風の顔つきの男と、スペイン語で話をしていた。

デュヴァルは席について、呼ばれるのを待った。

「あんたも広告みたのか？」と隣の男がニヤッと笑って訊いた。だぶっとした亜麻の背広にストリング・タイという格好だった。南部訛りにスペイン系の特有の舌がもつれたようなひびきが混じっている。はげ頭にしわがよっていて、七十といってもおかしくなさそうだった。

「やっぱりアメリカ人《グリンゴ》だね」と男は言った。男が笑うと口髭が動いた。「連中の新しいレストランの募集広告——見なかった？　人を集めてんだ」

「どんな仕事？」

「なんでも——キッチン、ウェイター、皿洗い、入口で『テーブルの御用意ができました、セニョール』って言う役、何でもだよ。でもドアマンは別。ドアマンの役は決まったも同然だからね——この俺に」

「じゃ、まだあなたは雇われてないんだね？」

「まださ。でも俺を一目見りゃ、話は決まる」老人はデュヴァルの肩をとんとんと叩き、甲高い声で笑った。「俺は技能的ドアマンなんだ」

デスクにいた女が申し込み用紙をデュヴァルに渡した。彼はそこに書き込みながら、新しい人物を創り出した。二十三歳で、五つか六つのレストランで仕事をしたことがあって、一年近くサン・ファンに住んでいて、既婚。

「ちょっとお願いするよ、あんた《オールド・チャッピー》」と男が小声で言った。「ここんとこの字が、俺の目には小さすぎてな」

老人——彼の名はラモン・ケリー——は文盲だった。デュヴァルは申し込み用紙を読みあげ、ケリーは書くべき事項を口述した。一九〇三年ルイジアナ生まれ、シュレヴポート高校卒業、前職は船員、乗った船は〈クイーン・メアリー〉〈ヒューイ・ロング〉〈アンドレア・ドリア〉、既婚、子供は三人。ケリーは素速すぎるくらい素速く質問に答えたが、彼もまた嘘をついて、就職申し込み書用に架空の人物を創りだしているのだということがデュヴァルにはわかった。

「どこにサインすりゃいいかね？」

デュヴァルは場所を教えた。

ケリーはボールペンの先を舐め、罫の上にペンを置いて、いかにも署名と見えるくるくるとした輪をいくつか描いた。でもその名前はケリーではなかった。

デスクの女はデュヴァルの申し込み書を読むと、彼に紙片を渡した。「レストランに行って下さい。建物の外に出て、左に曲がるんです。ボーダーさんに申し出て下さい」と彼女は言った。

デュヴァルは言われたとおりにした。裸のテーブルと、床ワックスとワニスの匂いと、鉢植えの椰子を運ぶ作業員——そんなレストランの中に入ると、「威勢のいいのが見つかったよ」という声が聞こえた。それからその男が姿を見せ、「やれやれ、君は英語を話せるんだろうね！」と大声で言った。

コーヒーを飲みながら、二日後に開店するこのレストランの名は〈ザ・ビーチコーマー〉というんだ、とボーダー氏は言った。それはポリネシア料理専門のアメリカ系レストラン・チェーンの店なのだ。ボーダー氏はロサンジェルス・ビーチコーマーの総支配人で、ウェイターを集めたりオープニングの監督をしたりするためにサン・ファンに送りこまれたのだ。押しの強い汗っかきの五十前後の男で、すごく形の良い歯冠をかぶせていたが、いつも噛んでいる葉巻のせいでそれは黄色くなっていた。彼はうちとけた態度でデュヴァルのことを「受難仲間」と呼び、私と同じようにこの半端連中の島に釘づけにされているんだよなと言った。

「独裁政権のせいですよ」とデュヴァルは言った。

「そう、まさにそのとおりさ」とボーダー氏は言って葉巻を口から離し、ゴミ入れにペッと唾を吐いた。

「連中もみんなそう言ってます」

「スペイン語は話せんのだ」二、三日のあいだ彼は『リンパルシャル（公正）』紙とスペイン語・英語辞典を持ってベッドに入ったが、結局その努力は放棄された。彼はこの島を憎んでいた。結婚したばかりで、妻を恋しがっていた。「二人めの女房でね」と彼は言った。「君くらいの年なんだが、泣きごとを言いはじめてる。君は結婚してるかね？」

「ええ」

「じゃ、説明の要もないな」とボーダー氏は言った。「レストランに勤めたことは？」

ありますす、とデュヴァルは言った。

ボーダー氏はがっかりしたようだった。「食い物商売は好かん」と彼は言った。「時間も長いし、苦情も多い。キッチンは頭がおかしくなりそうだ。体がもたない」彼はうんざりしたように咳きこんでから「あらゆる商売の中で食い物商売が最悪だね」と言った。

中国系の顔をした男がキッチンから出てきた。丸々とした顔で、険しい表情と黒い背広がよく合っていた。「キッチンにもう一人いるよ。案内してやれ」と彼は言った。

彼が行ってしまうと、「あの人はポリネシア人ですか？」とデュヴァルは訊ねた。

「中国人」とボーダー氏は言った。「ここにいるのは中国人ばかりだよ。ああ、装飾はポリネシアだけどね」――彼は草で編まれた天井から下がっているアウトリガー・カヌーを示した――「料理は中国風だし、コックもみんな中国人さ。あれはジミー・リー。苛々してるように見えたかい？」

「いいえ」とデュヴァルは言った。

「ぴりぴりしてる。明日はビーチコーマー御本人がここにやってくるからな。オープニングにはいつも顔を出すんだ」

若い男がキッチンから出てきた。小綺麗な服装で、デュヴァルが文化センターで見かける種類の人物みたいだった。彼はボーダー氏にあいさつした。

「英語しゃべるかい？」とボーダー氏が訊いた。

「はい」

「訊いただけさ。プエルト・リコ人相手じゃ訊かなくちゃわからんもの」

「私、キューバ人です」

「オーケー、カストロ」とボーダー氏は言った。「これで二人揃った。君たちは私と一緒に案内係をする。こっちに来てくれ」

ボーダー氏は二人をつれてレストランを抜け、バーに行った。バーは南洋の竹と枝編みで作った小屋を模していた。彼は言った。「君たちにひとつふたつ言っておきたいことがあるが、これはよく頭に入れといてほしい。というのはビーチコーマーはすごく口やかましいからだ。第一に、我々は自分の家に入れたくないような人物を店には入れない――これが店のポリシーだ。連れのいない遊び女、商売女、酔払い、みんな駄目。もしたとえ客の名前を知ってたとしても、名前を呼んじゃいかん。何故か？何故ならその人の連れている女は奥さんじゃないかもしれんし、その女に自分の名前はスミスだと教えているかもしれんからだ。君が『今晩は、ジョーンズさん』と言ったら、相手は困ったことになってしまう。名前なんて口にしないのがいちばん――それがチップを頂くコツだ。頭を使うんだよ、頭を。満席だったらこのバーに案内する。客をつなぎとめるのに酒を一杯振舞わなきゃならんときは、そうしてよろしい。しかし自分は飲んじゃならん。訂正――コークは飲んでよろしい」

「我々がもらったチップはウェイターと分けるんですか？」とキューバ人が質問した。

「それは君の勝手だ」とボーダー氏は言った。「さて、君の前には三十五か、あるいは四十のトロピカル・ドリンクが並んでいる。鮫の歯《シャーク・トゥース》、ジャングル・ジュース、パゴパゴ。でもそんな名前なんて覚えることたあない。中身を訊かれたらラムとフルーツ・ジュースとビターが少々と答えときゃいい。ま、ここだけの話、みんな似たようなクズしか入っちゃいない。おっと、これはビーチコーマーには言わんでくれよ。食い物商売のことは知ってるか、カストロ？」

「はい」と彼はいかめしい顔をして言った。

「案内係をしたことは？」

「ハバナのヒルトンに勤めてました」

「おそれいって気絶するべきところなんだろうな」とボーダー氏はデュヴァルに向かって言った。彼はキューバ人の方を向いた。

「電話の応対がどれほど大事かはわかってるよな？」

キューバ人は肯いた。

ボーダー氏はデュヴァルに言った。「その電話を取って『今晩は、ビーチコーマーです』と言ってごらん」

デュヴァルは受話器をとった。「今晩は、ビーチコーマーです」

「そのつもりになって言うんだよ」

「今晩は、ビーチコーマーです」

「それじゃ葬儀屋だ」とボーダー氏は言った。「いいかい、私がやるからよく聞いてなさい」彼は黄色い歯をむきだしにして、電話に向かってにこやかに話しかけた。

その日の午後遅くになって、ボーダー氏は言った。「君は明日の四時に出勤してくれ。マスコミ相手のプレス・パーティーだから、ビシッとした格好してくれよ。そのネクタイはよしてくれよな。ビーチコーマー御本尊がいらっしゃるんだからな」

デュヴァルがレストランを出ようとしたときヒュウッという低い口笛の音が聞こえた。振り返るとモールひさしのついた軍帽をかぶった男がいた。緑色のフロック・コートには更に多くのモールとボタンがついている。ズボンには黄色いストライプが入り、縫い目には白い筋が入っている。ケリーだった。「行っちゃう前に煙草一本おくれよ」と彼は言った。

デュヴァルは煙草を振って出してやった。

「ちゃんと決まるって言ったろ」とケリーは言って、煙草を見て眉をひそめた。そしてフィルターをもぎとりながら「こいつはいかんよ、あんた《オールド・チャッピー》」と言った。「煙草ってのはここまできちんと全部煙草じゃなくちゃならんのに、ここには綿しかない。小利口な輩のせいで、こんなものつかまされることになる。これについちゃ、女王様にだってちゃんとひとこと申し上げらあね」

デュヴァルは煙草に火を点けてやった。「じゃ、あんたドアマンになったってわけだ」
ケリーはにっこり笑った。「俺は技能的ドアマンでね、ドアの開け方について俺の知らんことはひとつもない」

ビーチコーマーは義足をつけた胴間声の、腹のつき出た男だった。プレス・パーティーで彼は木彫りの像や椅子の脚を杖でばんばん叩きながら、足をひきずって部屋から部屋へと歩きまわった。白髪は短く刈りこまれ、前腕にはいれずみが入っている。デュヴァルの姿を見ると彼は「そんなとこにプロシャ兵みたいにつっ立っとるんじゃない。ぱぱっと動け！」と言った。

ビーチコーマーは翌日島を発って、カリブ海のツアーに向かった。そしてレストランは最初の客を迎えたわけだが、客の数はたいしたことはなかった。島は観光シーズンではないのだ。いくつかあるダイニング・ルームのうち、「トルチュガ」は閉められたままだった。

その週の終わりに、デュヴァルは給料を持ち帰った。チップを含めて四十五ドルだった。ポーラはスペイン語のクラスに入り、二人はラ・グロリアの食堂でアロス・コン・ポーヨ〔訳注・ひなどりライス。プエルト・リコの大衆料理〕を食べた。二人にとってのはじめての外食だった。

デュヴァルは〈ビーチコーマー〉に彼女を連れていきたかったが、従業員が店で食事をすることは禁じられていたし、だいたい勘定が払いきれるかどうかも疑問だった。

仕事のおかげで生活習慣というものが生まれた。日中の殆んどの時間、彼は自由だった。ポーラのスペイン語のクラスがないときには、二人は海岸まで歩いた。カーネギー図書館の正面の、岩だらけの狭い海岸だ。三時になるとデュヴァルはシャワーを浴び、バスに乗って海岸通り沿いに仕事場まで行った。その調子で二週間が過ぎてしまうと、自分がなんだか島の正規の住民であるような気がしてきて、帰りたいという想いも消えてしまった。かつては大洋の中の岩塊とも見えたいかだの如き島も、今では広々として緑に充ちていた。彼は自分がその縁《ふち》で、つまり海岸でずっと時を過していたことに気づいた。内陸に行けばみじめなジャングルの中に荒れた小さな町があって、人々はそこに閉じこめられるようにして生きているのだろう。でも僕は大丈夫。僕には仕事があるのだ。

仕事そのものは単純だった。電話をとって予約を記録する。入口で客を迎え、テーブルまで案内する。スピーカーから流れるハワイアン音楽のヴォリュームを調節し、照明を暗くしておく。客の大半は休暇旅行中の中年夫婦だった。夏季料金の安さに引かれてこの島にやってきたのだ。若いびくびくしたカップルもいて、彼らは日焼けして落ちつかなげだった。きっとハネムーンなのだろう。三、四人のグループで来ている秘書の一行もいて、長々と食事して、ウェイターたちとしゃべくっていた。ときどき一人で食事をし、本を読んでいる男の姿を見かけた。デュヴァルは隣に坐って彼と話をしたかったが、結局己れの職分を守った。これほど短期間にこんなに老成して従順になってしまったことで、彼は我ながら嫌になってしまった。

「無料サーヴィス《フリー・ランチ》の時期は終わった」とある日ラモン・ケリーは言った。「もう三週間も給料もらっとらん。これじゃこの素敵な仕事にもおさらばってことになりそうだ」

「チップはもらわないの？」

「はした金」とケリーは言った。「俺の二人めの女房はキー・ウェストに住んどってな、すごい金持ちなんだ。俺はもうすぐそこに行って、メラネシア料理のレストランを開くのよ。背の高いキューバ人二人をドア係にする――黒くて、図体のでかい奴らをな。それでメラネシア料理を出すのさ」彼はニヤッと笑った。

デュヴァルはケリーのみすぼらしい足もとに目をやった。

「労働用の靴さ」と老人は言った。

ボーダー氏は彼にケリーと就業中には話をするなと言った。ボーダー氏はだんだん苛立ちを募らせていた。ある夜、彼はデュヴァルが電話スタンドで本を読んでいるのを見つけて、「今日は休暇をとってるのかね」と言った。しかしボーダー氏は客の前に出るとへいこらしたし、デュヴァルの観察したところでは、客にへいこらするぶん従業員に対して逆にあたりが強くなった。とくに彼がカストロと呼ぶキューバ人に対してそうだった。

キューバ人はその名前に腹を立てていて、本名を明すのを拒んだ。「かまやしないさ」と彼は言った。「俺が嫌いなのはバチスタの方だからね」

「ハバナのヒルトンはどんなだった？」とデュヴァルが訊いた。

「御機嫌さ」とキューバ人は舌先をコンと鳴らした。「若い娘たち《ムチャーチャス》」

「ハバナって聞くとヘミングウェイを思い出すけどね」

「ときどき来てたな。彼のために決まったワインを置いといた――ロゼ、普通のやつだけどさ。いつも酔払って、怒鳴るんだ。テーブルのまわりに食べものを投げる。『パンをとって』って言うと、奴はパンを投げる。『塩をとって』って言うと、奴は塩を投げる。それがヘミングウェイ。みんな大作家だって言うけど、みんな実物を知らないのさ。俺はこの目で見たよ。あいつ豚だ」

「彼の本を読んだことある？」

「あんな豚野郎の本なんて読むもんかい」

一回分の食事が出た。従業員は開店前に交代で食事をしたが、食べる場所はレストランの中ではなかった。みんなホテルのカフェテリアで米と豆を食べたが、デュヴァルのその三十分はいつもケリーと同じだった。ケリーはだんだん頭がおかしくなっているみたいだった。彼は自分はイギリス人で、英国に帰っちまうぞといきまいた。「ピカデリーに帰ろうってね、あんた《オールド・チャッピー》」と彼は言った。そして自分はまだ給料を一銭ももらってないし、割れた瓶でボーダー氏を殺してやりたいと言った。ある日、カフェテリアで、彼はデュヴァルに手紙を代筆してはくれまいかと言った。いいよ、とデュヴァルは言った。

ケリーはすぐにグリーンのフロック・コートのポケットからくしゃくしゃになった紙を一枚ひっぱりだした。「ペン持ってるかね?」

デュヴァルは自分のペンを出して、紙のしわをのばした。「急いで。もうすぐに戻らなくちゃならないんだ」

「あんたなら助けてくれると思ったよ」とケリーは言った。「俺の言うとおり書いてくれるな?」

「もちろん」

「いいかな？」ケリーは腕組みをした。「親愛なるケネディ大統領様――」

「ちょっと待ってよ」とデュヴァルは言った。

「親愛なるケネディ大統領様」と舌のもつれるようなゆったりとした発音でケリーは言った。「私は老人で、この糞ったれのプエルト・リコの島に釘づけになって、とある後家さんと一緒に暮らしております。あの畜生は私の給料を払ってくれません――

おい、書いてないじゃないか！」

「書いてるよ」

「見せてくれ」

デュヴァルは紙片を相手の方に押しやった。しかしケリーはその走り書きを見た瞬間、それに対する興味を失くしてしまった。デュヴァルの書く用意が再び整う前にケリーはしゃべり始めた。「家内はわしから逃げて、その後家さんが私に同情してくれたわけです。それは私がこれから書こうとするフロリダの店以前の話です。あの売女はこれからサントゥルセに行くと言ったきり、全く音信が途絶えとります。俺は船をみつけることができません。俺は物心ついた頃からずっと船に乗っとりましたが、それはひどい暮らしでした。あのいまいましい収税吏どもが俺を追いまわして、俺は行く先がわからんようになってしもたんです。大統領閣下、あなたならこの手紙を読んで俺を助けて下さることが――」

デュヴァルは書くのをやめていた。ケリーは泣きはじめていた。カフェテリアの中で、べちゃべちゃとしゃべっているプエルト・リコ人たちに囲まれて、楽隊服を着た老人ははげた頭を震わせていた。彼はしくしくと泣きつづけていた。涙が彼の口髭の中に潜りこんだ。

しかしそのあと、同じ夜に、デュヴァルは彼の姿を玄関先で見かけた。彼はリムジンのドアを閉め、車に乗りこんだ男に向かって最敬礼していた。

「ボーダーが言ってたけど、あんた結婚しとるんだってな」車がいってしまうと、彼はそう言った。「まだそんなに若いってのになぁ。きっと頭のどっかがいかれとるんだよな」

そんなことがあってから、彼はケリーを避けるようになった。そして日々は、とくになんということもなく流れていった。

カフェテリアで、ある日一人の女の子が彼の横に坐った。彼女はいわゆるプエルト・リコ美人で、キュートな、ちょっと猿みたいな顔をしていた――黒い瞳と濃い髪と機敏そうな小柄な体だ。彼女は客室係で、男たちがきまって彼女にちょっかいを出し、朝に「中に入りなよ」と声をかけ、パジャマ姿で言い寄ってくる次第を話しながら恥ずかしそうに笑った。

　デュヴァルは、いったい俺は何を言ってるんだと我ながら変な気持ちになりつつ、自分のことを話した。「僕はビーチコーマーに勤めててね、サン・フランシスコ通りに住んでいる。女房はもうすぐ出産なんだ」と。客室係の女の子は納得したが、彼は納得できなかった。彼が描写しているこの男、妻を持つ年上の従業員——それは真の彼の姿ではないのだ。

　自分は架空の人物の生活をなぞっているという想いに彼は再び捉われた。彼は他人の声を借りて、他人の仕事をしているのだ。そして彼はその男がなんて平凡な存在なのだろうと驚かされた。野心もなく、妻帯者で、勤め人で、もうすぐ父親になろうとしている。彼は自分の言葉を、なんだか妙だなという気分で聞いていた。僕は……に住んで、僕は……の仕事をして、女房は……。その人生はどうしようもないくらいシンプルだった。この緑の島はなんと簡単に俺という人間の中身を抜きとって、新しい人間を作ってしまったことか。

　彼は働きつづけた。他にするべきことが思いつけなかった。書こうとしてみたが、駄目だった。原因はわかっている。こんな狭苦しい部屋で、こんな照明の暗いところで何が書けるというのか？　彼は生活を仕事に適応させた。午後のバス、予約の電話、カフェテリアでの束の間のつきあい、憎みもしうらやましくもある客たち、一本調子のとろんとしたハワイアン音楽、キッチンから聞こえるしゅるしゅる・ぱちぱちという揚げものの音。進んで選んだわけでもなく、彼は別の人間になってしまったのだ。彼はときどき頭をひねった。俺がいま辿っているのは誰の人生なのだ？　俺の名前は何と言うのだ？

金は食べていくには十分だったが、自由の身になるには不十分だった。かつて貧乏の恐怖が彼を追いつめたよりもっと完全に、給料が彼を追いつめていた。仕事が中心になり、最重要事項になった。彼の野心は田舎じみたものになった。バスよりは乗合《ププリコ》に乗りたい、ラ・グロリアよりはちゃんとしたレストランで食事をしたい、ビールよりはラムを飲みたい、といったようなことだ。

毎日何時間かを部屋を離れて過すことで、彼の本来の人格の喪失はもっと進行した。深夜バスで部屋に戻るといつもポーラは眠っていた。その横にはスペイン語の教科書があり、電灯は点いたままだった。島に二人が来てからもう二カ月近くにもなっており、彼女のお腹もすっかり大きくなって、新しい体の曲線も生まれ、たっぷりとした円錐形の乳房はせりだしたお腹の上に傾きかかって、はりきった肌には血管が見えた。彼女は横向きになって眠り、ゆっくりと歩き、泳ぐのをやめた。

彼女はスペイン語を勉強したが、身にはつかなかった。ある日ランチタイムにラ・グロリアで、彼女はおずおずとしゃべり始めた。すごく難儀そうに見えたので、デュヴァルは思わず彼女をさえぎってしまった。口をついて出たのは、覚えていたことすら知らなかったし、意味も半分くらいしかわからない科白だった。“Lo siento. Yo quiero el mismo, por favor.（すみません。同じものをもうひとつ下さい）”アクセントもプエルト・リコ風だ。ヨーをジョーと、ミスモをミーモと発音する。


誰の声だ？

「ジェイク！」

彼はベッドの中にいて、湿った手が彼を揺さぶっている。もつれた髪のポーラが彼をじっと見ている。横顔についた寝じわがその不安そうな表情を余計に強調していた。

「起きてよ――私、怖いの」窓の外には低いうなり声のような音が聞こえた。海の音、遠くを走るバスの轟音、風の音――どれかそんなものだ。

「どうしたんだい？」

「赤ちゃんの生まれた夢を見たの」と彼女はすすり泣きながら言った。「怖かったわ。あなたはいなくて――ああ、痛かったのよ。それからみんなが赤ん坊を抱いて私に見せるの。ジェイク、その顔ったらぐしゃぐしゃで血まみれなのよ」

もう今からか、と彼は思った。そんなこと俺に言ったたって仕方ないじゃないか？しかし彼はそれを受け入れようとした。「赤ん坊の顔ってみんなそんなだよ——写真で見たことあるだろう」

「いいえ——血のせいじゃないのよ」と彼女は言った。そしてひどく静かになり、囁くくらいの小声でその恐怖を表現した。「変形してるの。赤ん坊の顔はねじれてて、それが泣いてるの。『あなたのです』ってみんなが言うのよ、『あなたのです』って。ゾッとしたわ」

何と言えばいいのかわからなかった。しかし彼女の恐怖はわかった。幼児の血だらけで歪んだ顔が、ねじれながら責めている姿を彼は思い浮かべた。彼はポーラの体を抱き、そして眠った。

朝になると、目を覚ますのに苦労した。夏の暑さが、湿った大気が彼にのっそりとのしかかっていた。その重みが彼をぐったりさせた。通りからの声は聞こえず、聞こえるものといえば『漁師《エル・ペスカドール》』の唄だけだった。「愛しき人《コラソン》」の繰り返し、その耳ざわりなプエルト・リコ人の哀しみ。海の音はもう聞こえない。海の音は風にかき消され、失われてしまったのだ。彼は島を、その緑を、見ることをやめてしまっていた。

彼は自分自身の島にひきこもっていた。部屋と、女と、仕事と。

4

デュヴァルには言わなかったけれど、スペイン語のクラスはポーラに昔の生活を思い出させた。清潔な部屋で誰に邪魔されることなく勉強できる喜び、狭いベッドの与えてくれる安心感、それはデュヴァルと会う以前に送っていた生活だった。少女時代。彼女はそれを取り戻したかった。彼女は変化ひとつない島の緑を、夏の終わりの疲弊しきったような黄色のまじった色あいを憎むようになっていた。彼が仕事に行っているあいだ部屋から一歩も外に出ないことも、彼には言わなかった。眠って目覚めて翌日になったのだと思おうとしていることも、眠って再び目覚めて、その数時間のあいだに実は幽閉の数日に耐えたのだと想像していることも。診てもらった医者のことも彼女は話さなかった。その診療室は不潔で、医者のシャツは汗で濡れて、器具が汚れていても無頓着だった。彼はにっこり笑って（普通の反応だ。親切な人々は彼女とその喜びを分かちあおうとする）、診察のあとで「あなたは――そうだなあ――五ヵ月というところだね」と彼女に言った。もう八ヵ月近くになっているというのに。彼女は用意した質問をぜんぶ引っこめてしまった。

ある暑い夜に、彼女はデュヴァルに向かって、「あげちゃうこともできるのよ、私たち」と言った。

「どういうこと？」しかしデュヴァルはとぼけているだけだった。彼にはわかっていたのだ。

ボストンにいる昔のルームメイトに手紙を書いたのよ、と彼女は説明した。そしてその娘が養子仲介機関の名前を三つ教えてくれたのだ。どれも胸が痛くなるような名前で、ひとつは『幼き放浪者の家』と言った。

「孤児院に入れちゃうんだよ」とデュヴァルは言った。

「違うわ」と彼女は言った。「自分の子供が持てない人たちにあげるのよ。すごく細かくてね――相手の人たちを念入りに調べあげるの。審査が厳しいの」

「そして、はいどうぞと子供を差し出す」

「ショックを受けたようなフリしないで！　あなた赤ちゃん欲しくないんでしょ！」

彼女は大声で怒鳴っていた。でもすぐに泣き始めた。

「君はどうなの？」と彼は訊いた。

「こんな風な人生を送りたくない」

「どうせこんなもんさ」

「もっと違ったものにできるはずよ」と彼女は言った。「あなたがカレッジを出て、学位を取って――」

「それにしてもこんなもんさ――アパートの部屋、仕事」彼にはポーラが怯えているのがわかった。「そして喧嘩もする」

「あなたと喧嘩したくないわ」

「結婚した人間は喧嘩するもんだよ」と彼は言った。

「結婚してない人たちだって喧嘩はするでしょ」

「さっさと別れることができる」

「それがあなたの求めていることなのね――どこかに一人で立ち去って、私のことなんかきれいさっぱり忘れちゃうこと。認めなさいよ！　私から離れたいんでしょ」

「じゃ、どうすりゃいいんだよ？」

「わからないわ」と彼女は言った。彼女は自分の肉体を嫌うようになっていた。まるで自分の体じゃないみたいだ。膨れあがって、頼りない。そして彼女は赤ん坊が生まれ出てくることを恐れていた。彼女にはわかっていたのだ。自分が赤ん坊を愛して、手もとから離したくなくなり、その結果あっさりと自分の人生は終わってしまうのだということが。「助けて」と彼女は言った。

「私、自分が醜く感じられるの」

「ケリーっていうドアマンのこと覚えてるかい?」と彼は言った。「いつか君に話したあの年寄りさ。その男に一度、どんな仕事してたのかって訊いたことがある。彼はフロリダの店《ジョイント》か何かで働いてたんだ。そういう変なしゃべり方する男なんだよ。で、こう言うんだ。『一度正社員にならないかって誘われたことがあってな、でも俺もあんたくらい若くてな、こう言ってやったよ、いや、お断りします、縛られたくない。新鮮な空気、目新しい人々。そんなわけで、こんな次第さ』ってね。そしてこう言った。『でも俺ももう若かねえし、こういうのももう面白くない』」

「あなた逃げちゃうつもりでしょ?」とポーラは言った。

「ケリーの話をしてたんだよ」

「私たち、決めなくちゃならないのよ」彼女はベッドに横になり、まるでやさしく子供を包むように腹を抱いていた。「かわいそうに」と彼女は言った。それから「嫌よ——あなたが何しようが、私、赤ん坊離さないわ!」と言った。

彼女は選択を迫っているのだ。でももう選択の余地なんてないように彼には思えた。自分の人生はこんな具合につづいていくのだろう。この夏、つぎの夏、暑さにぐったりしながら空しく日々を送るのだ。

　便所に行くと、中は真っ暗だった。彼は電灯のスイッチ・コードを手さぐりで探し、それを引いた。最初はしいんとしていたが、暑さで元気づいたゴキブリたちが床をうようよと動き始めた。ゴキブリたちは艶のある水滴のように走って、消えていった。何をする必要もない。ただじっと連中が姿を消すのを眺めていればいい。

　翌日は日曜日だった。ポーラは目を覚まし、まるで眠りは会話の一時中断にすぎなかったとでも言わんばかりにぱきぱきと畳みかけるような口調で言った。「さあ、気持を決めてよ――あなたどうするつもりなの？」

「まだ何ヵ月かあるじゃないか」

「六週間よ」と彼女はぴしゃりと言った。「あなた、何が望みなの？」

　作家になりたい、とは口に出せなかった。それは大統領になりたいというのと同じくらい馬鹿げたことに感じられた。それから縁起かつぎということもある。口に出してしまうと願いが叶わないかもしれない。でも彼は自分の本がそこにずらりと並んでいる姿を、まるでもう書き終えたもののようにはっきり思い浮かべることができた。

　彼は前から確信していた――自分はいつか作家になるのだということをではない。思い出せないくらい昔からずっと自分は密かに作家だったのだ、ということを。野心を明らかにすると、それは台なしになってしまう。それにも増して、いったん口に出してしまえば、自分でそれを証明しなくてはならない。彼は誰か他の人にそう証言してもらいたかったのだ。誰かがじっと彼の顔を見てこういうのだ。君は作家だ、と。

「僕と結婚したい？」と彼は訊いた。

「私たち結婚したとしても、二年経たずに離婚するわよ」

彼は顔を背けた。「僕らの結婚生活は終わっちゃったようなもんだものな」

「そんなにあっさりと片づいちゃうわけ？　それでおしまい？」彼女は頭に来ていた。

「こんなのって、私我慢できないわよ」

「僕だって同じさ！」

「私はね、あなたの煮えきらないところが嫌なのよ――」

「煮えきらない？」

「私をこんなところに連れてきちゃって」と彼女は言った。「あなたのこと許せそうにない。たとえ私と結婚したとしてもね」

「僕がもう四十で、人生が過去のものになってりゃいいのになあ」と彼は言った。

「あなたって本当に子供よねえ」と彼女は勝ち誇らんばかりに言った。「四十の男が年寄りであるもんですか！　ほんと、何も知らないいんだから」

そのあとで、ラ・グロリアで昼食をとるためにサン・フランシスコ通りを歩きながら、彼女は言った。「六週間経てば、私たち三人になるわ。そのこと考えたら、あなたもそんなにすましていられなくなるわよ」

でもそう口に出してしまうと、彼女は胸がいっぱいになって食事ができなくなった。昼食が終わると、暑いから海岸には行かないと彼女は言った。

デュヴァルは彼女と一緒に部屋に戻り、仕事のための服に着替えた。まだ二時だったし、レストランには五時までに着けば良かった。彼はスペイン語の本を手にベッドに横になったポーラを——その姿勢だとすぐに眠りこんでしまう——あとに残して部屋を出た。広場にいたバスの行く先は「ロイサ」となっていた。彼はバスに乗って路線の終点まで行った。

ロイサは彼の想像していたようなところではなくて、森のすぐへりにある陰気で辺鄙な開拓地だった。傾いたバス停の標識が立っているだけだ。バスはそこに停まり、方向転換して行ってしまった。使いみちがあるとも思えないだだっ広い道路が、漆喰塗りのバンガローの並んだ生気のない郊外をどこまでも延びていた。道のわきには椰子の木が何本か立っていたが、その色は緑ではなく、枯死した葉は、荒廃した通りに横たわった巨大な鳥のうらぶれた羽毛のように見えた。感嘆符ではさまれた政治的スローガンがバンガローの壁にペンキで書かれ、いくつかの電柱にはムニョス・マリン大統領の写真がかかっていた。太陽は見えず、金属みたいな灰色の低くたれこめた雲がじめじめとした熱を放射しているだけだった。デュヴァルは舗道を歩き、日曜日の人気のない通りや、ひびの入ったバンガローや、アスファルトの膨れあがった部分から生えている雑草などをあてもなく眺めた。ほこりをかぶった生垣の裏からラジオの流すきんきんした音のルンバが聞こえてきた。『漁　師《エル・ペスカドール》』と「愛しき人《コラソン》」だった。

交叉点まで歩くと、前方に車で満杯になった駐車場が見え、その上に「カント・ガリョ」という看板があった。にぎやかなのは大歓迎だったので、彼はそちらの方に急いだ。

それはガリェリア、つまり闘鶏場だった。彼はまん中あたりの段の切符を買ったが、戸口の中に一歩入るとそこはどたばた騒ぎだった。金を数えている男たち、通路を走っている男たち、口論している賭博師たち――そんな連中を避けるために彼は脇の扉の中に入って階段を何段か下りた。

部屋は藁と鶏の糞の臭いがして、小さなやせた雄鶏の入った木の檻がいくつも積み重ねてあった。鶏たちは檻をひっかいて、啼き叫んでいたが、そんな声には農家の庭先にいたころの趣がうかがえた。囲いもなく、日陰になって、貯水塔が立ち、とうもろこしがぱらぱらと散らばっているプエルト・リコの農家の庭だ。鶏たちはがさごそ動いていたが、それでも物静かに見えた。そして彼らがこんな狭いところですしづめになって、積みあげられている光景はデュヴァルには何かしら不思議なものに思えた。

彼はその部屋の中を歩きまわり、鶏たちを仔細に眺め、その眼の明るさや、羽根の艶やかさや、頭の上についた陰嚢のようにしわだらけのやわらかなとさかや、体に比べて大きすぎる足や、よごれた爪などを目にとめた。ポーラの声が聞こえ、ポーラの顔が見えた。その顔は彼を問い詰めていた。選んでよ、選んでよ、と彼女は言い続けていた。

しかし彼がその答えを口にするたびに、この鶏小屋の壁の背後にある闘鶏場からどっと叫びが聞こえてきた。大きな笑い声の勝ち誇った叫びだった。叫びは頻繁に聞こえるようになり、笑い声は消え、無数の足踏みの音を伴うようになり、頭上の梁《はり》が揺れた。そのうなりのような声はスペイン語でもなければ英語でもなく、言語ですらなかった。それは激励であり、怒りであり、嘲りであり、小さなヒーローを、そして見るかげもない犠牲者を見守る人々の発するざわめきであった。群衆の賞讃だ。

檻を置く棚の上でじっと身をかがめている雄鶏たちも、それを耳にしているようだった。彼らは木の横棒のあいだから頭を突き出して、首をひねり、彼らの見ひらかれた宝石のような目はいったいこれは何だろうとでも言わんばかりにぐるぐると回転していた。デュヴァルは部屋の中を歩きまわった。雄鶏たちは南京錠を勢いよくつついていた。あなたの決心ひとつよ、と彼女は言っていた。

彼がそろそろ部屋を出て、闘鶏場《ガリエリア》からも立ち去ろうとしていたとき、三人の男がその小部屋に入ってきた。彼らは興奮し、スペイン語でぺらぺらまくしたて、互いの顔も見ずに口論していた。一人の男が戸口にとどまってデュヴァルを睨みつけていた。他の二人は檻を積みあげたところに行って二羽の雄鶏をとり出し――一羽は黒で、一羽は茶色だった――手速くひもで縛りあげた。鶏たちは脚を縛られているあいだバタバタと羽ばたきして抵抗していたが、やがてふたつの羽毛のかたまりとして静かに横たわった。まるで一対のブラシのようだった。男たちが鶏の足にけづめをつけているときに、戸口にいた男が口を開いた。

「行きな」と彼はデュヴァルに向かって機嫌悪そうに言い、出ていくように手で合図した。

デュヴァルは二階に行って、真ん中あたりの段に腰を下ろした。殆んどの席は空席のままだったが、近くにある丸くなった土間《ピット》を囲んでいる区画はぎっしり人が詰まっていた。二、三人の女がいたが、みんなその区画の最前列に陣どっていた。まるで昔のサーカス・テントの中みたいだ。射しこんでくるほこりっぽい陽光の柱の上に屋根が載っかっているように見える。ペンキの塗られていないざらっとした材木や、浅い土間《ピット》から舞いあがる土ぼこりや、息苦しいまでの狭さが、見違えようのない狂暴な空気をかもしだしていた。

真鍮のはかりが持ちだされ、鎖や皿ががちゃがちゃと音を立てて揺れた。縛られた鶏たちが皿の上に載せられ、重さを計られた。二対の縛られた足が空中で同じ高さに停止した。はかりが観衆に見えるように高くかかげられた。計量の儀式のあいだじゅう人々はおしゃべりしていたが、はかりが下げられると観客たちはとたんに熱狂的になった。男たちは土間《ピット》ごしに声を交わし、番号を叫び、ドル札を振った。一人の男は低い金網をとび越え、土間《ピット》を早足でつっきって、もう一人のしかめ面をした男の顔前で札束をぱたぱたと振った。

鶏たちはひもを解かれたが、飼い主たちはつかまえたままの二羽を向かいあわせにして、前に突き出し、ふたつのくちばしのあいだに数インチの距離をおいてゆっくりと輪を描くようにまわした。羽ばたきや、怒ってつつこうとするくちばしをかわしながら。男たちが重々しく地面に下ろしたとき、雄鶏たちの目は炎のごとく燃えあがっていた。

デュヴァルの目にけづめが見えた。一インチほどの長さのかぎづめが鶏たちの脚にとりつけられ、そのせいで彼らはより狂暴で居丈高になっているように見えた。黒い方が土間《ピット》の縁を足速にまわり始めた。

啼き声を観衆の叫びにかき消されつつ、鶏たちはお互いめがけてとび上がったが、けづめを使ったようには見えなかった。彼らは一フィートばかりの高さにふわふわっと飛んだ。下方に突き出した翼でバランスをとっているらしい。そして頭をさっと前に出してくちばしでひっかくか、あるいはつつくかして攻撃した。茶色い方がより高くとび上がり、より強くつつき、黒い方をつめのつけられた足でぎこちなくおさえつけた。茶は相手を翼で打ち据え、くちばしを黒の頭に突き立てた。彼らは土ぼこりの中を転げまわり、気がふれたように一体となり、それから土間《ピット》のまわりをぐるぐると円を描いて追いかけあった。首はいっぱいに伸ばされ、動きまわるべた足は見るからに優雅で、土ぼこりと羽毛が空中に巻き上げられた。

ひどい、とデュヴァルは思ったが、観衆の叫び声が彼の耳を圧倒してしまった。茶色の雄鶏がとび上がって黒い方をくみしき、その赤くなった頭をくちばしでむしった。

黒は弱りはじめていた。片方の翼は斜めにゆがみ、地面をこすり、よたよた逃げようとして自分の翼につまずいた。茶色は甲高い叫び声をあげて翼をばたつかせ、再度の攻撃に移った。羽毛の震えが中国扇を開いたときの様子に似ている羽ばたきは、音こそ平和そうだけれど、それは受けた傷を隠すためのものだった。鶏たちがそばまで来たとき、どちらの頭もはれあがり、羽毛がぼろぼろになっていることが見てとれた。観衆は興奮し、観客席を支える厚板をどすんどすんと踏み鳴らし、木のベンチを揺すった。

昔風のうっとうしいスカートのように、黒の翼が下にだらんと垂れた。彼は我を失ったみたいによたよたと土間《ピット》のまわりをまわった。茶がそのあとを追い、とびかかったりつついたりした。黒は倒れ、両足を曲げて茶の攻撃から身を守り、そして絶望的な反撃を試みようとして、その血まみれの頭をついに相手の怒り狂うくちばしの前に出してしまった。

歓呼の声があがったが、飼い主たちが中に割って入ると歓声は止んだ。観客はもう鶏たちには一切注意を払わなかった。金が手から手へとわたり、男たちはそれぞれに集まって勝負の結果を検討した。

デュヴァルは飼い主のあとについて鶏小屋まで行った。二羽の鶏はテーブルの上にのせられて検査された。あれほど元気だった茶色の方は、飼い主が傷を探して羽毛の房の中に指を這わせると、その脚を弱々しくひきつらせた。黒い方は死んだみたいに横たわっていた。とさかは破れ、顔は一面裂けて、血がこぼれていた。飼い主はそれをやさしく指でつつき、スペイン語で呟いた。それからその傷ついたまぶたを開き、哀しげに「見なよ《ミラ》」と言った。彼は今はもう盲目の鶏の空っぽになった眼窩《がんか》を示した。

ひどい、とデュヴァルは再び思い、表に出た。今では紛れもない恐怖の色に染まっている郊外の町を抜けて、バス停まで歩いているうちに、彼の思いはひとつに固まった。結婚なんてするものか。

5

デュヴァルが店まで歩いていくあいだ、雲のうしろで膨らみを持ちながら微光を放つ太陽が、こんもりと茂った椰子の木のてっぺんに載るような格好で浮かんでいた。椰子の木は杭《くい》のような形の影を道路の向かい側に落とし、その破断された光の中を女たちがあるものは一人で、あるものは二人づれでぶらぶらと歩きまわっていた。

ボーダー氏がレストランの真ん前でケリーに話しかけていた。まず目についたことはボーダー氏がしゃべりながらこの老人の体をぐいぐいと押し、鼻をつきあわせんばかりに睨みつけていることだった。デュヴァルが声をかけると、ボーダー氏はうしろにさがった。「まああの仕草を見てみなよ」とボーダー氏は客相手に見せる作りものの陽気な雰囲気で言った。そして女たちの方に向かって会釈した。

ケリーはしょげかえっていて、一言も口をきかなかった。

「商売女たちですね」とデュヴァルは言った。そしてケリーに向かってウィンクして「ポル・ラ・ノチェ（娼婦）」と言った。

「あの女とたっぷりとやってみたいぜ」とボーダー氏が言った。彼は唇を舐めた。「そろそろよその女とやったっていい頃合いだもんな」

汚ならしい科白《せりふ》だった。彼がそれを心から楽しんでいることがデュヴァルにはわかった。女たちは脚が見えるようにスリットを入れたタイトなドレスを着て、ゆっくりと体をくねらせながら通りを歩き、大きなハンドバッグを揺らせていた。しかし靴に目をやればその正体はわかった。休みなく歩いているせいでその細く尖ったヒールが磨り減り、彼女たちは二、三歩歩くごとによろっと体を傾けてしまうからだ。

「あの女がにこっとしてますよ」とデュヴァルは言った。「あなたに気があるんじゃないですか」

嘲られたとでもいわんばかりに、ボーダー氏の顔が硬直した。「中に入って、遅刻の理由を説明しろ」と彼は言って、さっさとレストランの中にひっこんでしまった。

「参ったな」とケリーは言った。

「どうしたの？」

「解雇通知を頂いたのさ」

「クビになったのかい？」とデュヴァルは面喰って言った。「なんでまた？」

「俺はあいつらに金の貸しがあるから、そのことで奴に文句言ったんだ。そしたら生意気言うなってわけさ」しかしケリーは微笑んでいた。「これで俺はドアなきドアマンになったよ」

「冗談だろ？」

「中に行った方がいいぜ」とケリーは言った。「でないとあんたも同じように耳つかんで放り出されちまうぜ」

デュヴァルは中に入ってビーチコーマーのブレザーを着た。レストランの玄関の電話の前にボーダー氏が坐っていた。

「仕事は代わりにやっておいたぞ。こんなに予約があったぞ」とボーダー氏は言った。

彼はひどく大きい字で何段にも名前が書きこまれた日誌をデュヴァルに見せた。「さあ、いったいどこで何してたんだ？」

「バスを待ってたんです」闘鶏を見物してたなんてとても言えない。あの恐ろしい光景を口に出して再現することなんてできないのだ。えぐり出された宝石のようなキラキラとした眼球、眼窩の中の白い肉のきれはし、血のしたたる盲目の鶏の頭。

「もう一度遅刻したら給料引くからな。奥さんはそういうの気に入らんのじゃないかね？」ボーダー氏は立ちあがった。「あのいかれたじいさん、表でなんて言ってた？」

「あの人をクビにしたんですね？」とデュヴァルは怒って言った。

ボーダー氏はすぐには返事をしなかった。彼はバーの方に行きかけ、それからまるでふと思い出したように振り向き、「自分のことだけ考えてりゃいいのさ、坊や。それが身のためだ」と大声で言った。

デュヴァルは日誌を手にとった。それはキューバ人の非番の夜だった。日曜日は客が少ないのだ。一ダースほどの客が入ってきて、出ていった。ウェイターたちは苛々して、指で盆をとんとん叩いたり、小声で文句を言ったりしながら、入口のドアが開くのを待っていた。

外に出てみると、ケリーの姿は消えていた。

次の夜、ドアにはプエルト・リコ人が立っていた。その男が着た制服はだぶだぶでしわだらけだったので、ケリーは背が高かったんだなあとデュヴァルはあらためて思った。その夜、デュヴァルはボーダー氏と言葉を交わす機会を避けていたが、閉店の頃になると、だんだん腹が立ち、哀しい気持ちになってきた。酒が飲みたかった。勤務時間以外は従業員は店内に入ってはならないというのがホテルの規則だった。カジノも、コーヒー・ショップも、プールも、バーも、彼に対しては閉ざされていた。その規則を破れば解雇されることもわかっている。

デュヴァルはホテルのヴェランダ・バーに行った。そこなら少しは建物内のバーより勘定が安い。彼はそこに腰をおろしてラムを三杯飲んだ。プエルト・リコ風にストレートで飲み、最後に水を一杯飲んだ。それから砂利敷きの車寄せの道をバス停までよたよたと歩いた。誰にも会わなかった。

椰子の木のうしろから女が一人でて、コツコツとヒールの音をさせながら彼の方にやってきた。そのよろけ方で素姓がわかった。彼女の髪はぎゅっときつくうしろで束ねられ、街灯の暗い光の下でもそのドレスの汚れは見てとれた。小柄な女で、鋭い顔つきの中に小さな口がぽんとついていた。

「デートしない、お兄さん?」と女が言った。

「いくら?」

「十ドル」

デュヴァルはポケットを探った。一ドルと小銭しかない。彼は残りのチップをバーで使ってしまったのだ。「僕は十九なんだけど、割引ってないの？」

　彼女は言葉の意味を理解して笑った。「若くたって金は頂くのさ」

「おけらさ」

「ナーダ・ポル・ナーダ（金がなきゃ何もできないね）」と女は言った。「おやすみ《ブエナス・ノーチェス》、坊《チ》や《コ》」

「待てよ」とデュヴァルは言った。「どこの生まれ？　サン・ファン？」

「ハバナ」

「サン・ファン好きかい？」

「あたし、これ好きさ」と彼女は両腿に手をあて、彼に向ってキュッと腰をひねって見せた。そして彼に流し目を送った。金歯が見えた。

　それで彼の体は興奮してしまった。旧市街に戻ったのはもう真夜中すぎだったが、彼はラ・グロリアに行ってみた。ラ・グロリアは閉まっていた。一人の男がバーの上に椅子を積み上げていた。広場では家のない子供たちが石のベンチの上で丸くなって眠っていた。石板の上の小さな身動きひとつしない死体だ。彼はサン・フランシスコ通りを歩いた。通りには人影はなかったが、戸口を眺めながら歩きつづけた。丸石敷きの狭い道に入り、丘を下り、明りの消えた商店や小さなホテルの前を通りすぎた。

喉もとにまだラムの温かみが残っていたし、仕事疲れのせいでぴりぴりとしたまやかしの力強さが感じられ、足どりも速くなった。

女がかけてきた声もほとんど聞こえなかった。彼女はベンチに坐っていたのだが、彼が通りすぎるときに立ちあがって「ヘロー」と言ったのだ。その響きは彼の耳に届いた。煙草一本くれない、と彼女は言った。

彼は一本やって、火を点けてやった。マッチの火でしわの寄った女の顔と、少々大きすぎるドレスと、炎に照らされた眼の上にほつれかかった一房の黒髪が見えた。彼女は用心深く、殆んど怖がっているようにさえ見えた。

「名前は?」と彼は聞いた。

「アンナ」と彼女は言って、通りをちらりと見わたした。

「一緒に行かない?」

「いいよ」と彼は言った。

「五ドル」

「五ドルも持ってないよ」

「四ドルでいいよ。行きましょ」

彼は中身をちゃんと知っていたが、ポケットの中をもそもそと探った。彼は女に一ドル札を見せ、小銭をちゃらちゃらと鳴らした。

「あんた、馬鹿にすんじゃないよ」と女は言った。

「頼むよ」と彼は言った。

「ごめんだね」と言って彼女は去っていった。彼はあとを追いかけて歩いた。彼女がある店の前で立ちどまったので、彼は勇気づけられた。

「アンナ」と彼は小さな声で言った。

「ごらんよ」彼女は店のショー・ウィンドウのガラスを叩きながらそう言った。彼は靴の並んだ棚を見て、それから目を背けた。そこに並んでいるのは小さな靴だった。子供靴だ。紐のついた小さな靴が値札をつけられて台の上に載せられていた。

「ごらんよ」と彼女は言い張った。「こういうの買うには金がかかるんだよ」

もう遅すぎた。その物哀しい靴とその値段を見たおかげで、彼の欲望はすっかり萎えてしまったのだ。


部屋に入ったが、電灯は点けなかった。暗闇の中で服を脱ぎ、シーツの中にもぐりこんだ。ポーラが彼の方に寝返りを打った。そして彼の頭を持って手もとに引き寄せた。彼女の胸に耳を押しつけられて、彼はその緩やかな鼓動音を聴くことができた。

彼女にそっと寄り添い、自分がこの女を裏切ったことを恥じ、そして今もまた抱いて口づけすることで相手を裏切っていることを恥じた。

ポーラは目を覚まして泣いていた。しくしく泣いているのを見ると、彼はどうしようもない憐れみを感じた。彼女の腹の中の赤ん坊が震えた。

「こんなのひどすぎるわ」と彼女は言った。「私にとっても、赤ん坊にとっても。可哀そうな坊や」

何を言うべきかは彼にもわかっていたが、どんな風に言えばいいのかがわからなかった。ちょっとしたことで彼女の気は動転してしまうのだ。

「もう時間ないのよ」と彼女は言った。

決めなさいと彼女は言っているのだ。しかし彼の心はもうずっと前から決まっていた。彼は自らのささやかな緑色の魂をこの島で見出し、その内奥に秘められた想いは彼女との一件とはまったく関係のない言葉をつむぎだしていたし、今ではその自分の言葉をはっきり読みとれるようになっていた。

「可哀そうなケリー」と彼は言った。ケリーの姿がはっきり目に浮かんだ。道化者、くにゃりとした口髭、緑のフロック・コートとモールのついた軍帽。その老人はふらふらと彼の方に歩いてやってきて、べらべらとしゃべった。へべれけで、曲がった指で自分のぺしゃんこの靴を指さし、これは労働用の靴だよ、と言った。

「私、ここにもうそんなに長くいないわよ」とポーラは言った。「こんな惨めたらしい島で私の赤ん坊が産めるもんですか。まだ乗せてくれるうちに飛行機に乗るの。妊娠八カ月を過ぎると女の人は飛行機に乗せてもらえないから」彼女はよそよそしい目つきで彼の顔を見た。「あなた、そんなことも知らなかったでしょ？」

「チケットはどうするんだ？」

「銀行に行ったの。今ならチケットを買えるわ。二人で国に帰れるだけのお金はあるから」

「そのあとどうする？」

「あなた次第よね」

「『私の赤ん坊』って言ったよね」

自分の口にした言葉を繰り返されて、彼女はまた泣き始めた。「赤ん坊なんて欲しくない」と口を哀しそうに曲げながら言った。「私は学校に戻って、ちゃんと勉強したいのよ。私は私を愛してくれる人と結婚したいのよ。きちんとした家が欲しいのよ」

俺はそんなものちっとも欲しかないんだよ、とデュヴァルは思った。しかし彼は自分が何を求めているかというのを口にして相手を混乱させたくなかった。

「私、人生の落ちこぼれになりたくないのよ」と彼女は言った。

「君なら落ちこぼれたりしないさ」

「あなたに何がわかるのよ?」と彼女は言った。「子供をどっかにやっちゃったあと、あなたどうするつもり?」

「お互いそれぞれにやりなおすさ」と彼は言った。

「これ最後のチャンスよ。今失敗したら何もかもおしまいよ」

「そんなことあるもんか」と彼は言ったが、彼がそう言ったのは単に彼女に反論したかったからであり、勇気づけるためだった。

「なんにもなくなっちゃうわよ」と彼女は苦々しい口調で言った。「ゼロ《ナーダ》よ」

「人生って賭けさ」と彼は言った。

「こういうの、人身御供《ひとみごくう》っていうのよ」

彼はその日わざと仕事に遅刻したが、しかしボーダー氏は正面切って注意するかわりに彼のことを無視した。キッチンでボーダー氏が怒鳴っている声が彼の耳に届いた。

キューバ人もその声に耳を傾けていた。「あの豚野郎、ムカムカするね」と彼は言った。

「じゃあどうしてじっと我慢しているんだい、あいつのこと？」

「ここは俺の国じゃないからね」と彼は言った。「俺はこの国から放り出されかねないんだよ」彼は暗い顔をしてカーペットを蹴とばした。「女房と子供《ニーニョ》が二人いるからな」

ボーダー氏がキッチンから出てきた。「おい、どうした——やることないのか？誰が電話番してる？」

「私がやってます」とキューバ人が言った。

「こっち来い、カストロ。お前に仕事をやろう」ボーダー氏はデュヴァルのそばによって、彼の顔をぐっと睨みつけた。「好きにやりたきゃやりな。俺は知らんからな」と彼は言った。

デュヴァルもじっと相手を見た。ケリーにも同じことを言ったのだろう。

「あの椅子をどかせろ。誰かがつまずくといかんからな」

「あそこ通りみちじゃありません」

「お前耳が聞こえないのか？」

デュヴァルは椅子をどかしたが、そんな小さな服従行為の中に結局は惨めな全面降服の姿を認めることになった。しかし彼の臆病さは給料のためだった。自分のせいなのだ。

「あいつピリピリしてんだよ」と少しあとでキューバ人が言った。「リオ・ピエドラスから大学の副総長が一家総出でくるんだ。で、いいとこ見せたがってるのさ」

それは本当だった。九時半にその男がやってきた。やせた身なりの良い男で、頭の幅が狭く、口髭が上唇まで垂れていた。彼は小さな息子の手をとり、夫人がそのあとに白いドレスを着た二人の年嵩《としかさ》の娘を従えてつづいていた。

しかしもっとすごい珍客があった。十時にビーチコーマー御大がやってきたのだ。これはまったく予期しなかったことで、ドアがばたんと開いてビーチコーマーが義足をひきずってコツコツと歩いてやってくるのを目にしたときのボーダー氏の顔に浮かんだショックの色をデュヴァルは読みとることができた。ビーチコーマーは義足を踏むと体が左右に振れ、杖でバランスをとった。プエルト・リコ人のウェイターは彼が誰なのかわからなくて、その歩き方をいつも体の不自由な客に対してそうするように侮りの目で眺めていた。

ビーチコーマーはボーダー氏が口をきけるようになる前に「ボーダー！」とどなっ

た。

「これは嬉しい驚きですな」とボーダー氏は気をとりなおし、笑いを浮かべ、おどおどと頭を下げた。

「わしはサント・ドミンゴにおったんだ」とビーチコーマーは言った。彼の髪は少し長くなっていたが、前と同じアロハ・シャツを着ていれずみを見せていた。

「素敵なところですね」とボーダー氏は言った。

「今日の昼にトルヒーヨが射たれた」とビーチコーマーが言った。「最初の飛行機で逃げてきたんだ。おい、どうして店がこんなガラガラなんだ?」

「暇な夜なんです」とボーダー氏は言った。「こういうのはめったにないことなんですけれど。さ、こちらへどうぞ」

ビーチコーマーは歩を止め、体重をまともな方の足から杖に移した。「木曜日の死体置き場みたいだ」

ボーダー氏はにこやかな顔でこれを聞き流した。彼は予約日誌をひっかきまわして何か言おうとした。

「酒をくれ」とビーチコーマーは言って、ダイニング・ルームの方に重々しい足どりで向かった。

「はい、ただいま」とボーダー氏はなおもビーチコーマーの背中に向かって黄色い歯冠を見せ、愛想笑いをしながら言った。

ウェイターたちは木彫りのポリネシアの彫像のひとつのわきに何人かで集まり、小声で話していた。トルヒーヨとか、死んだ《ムエルテ》といった言葉が聞こえた。

ボーダー氏はビーチコーマーのテーブルに丈の高いグラスを運んでいった。彼は義足を椅子にどさっと載せ、いれずみを掻き、だらしなく坐って、空っぽに近い店内を不機嫌そうに眺めていた。この男はペテン師で、古びた服を着た暴君で、下品な冒険小説の登場人物ってところだな、とデュヴァルは思った。ビーチコーマーは副総長の方をじっと見ていた。副総長はウェイターと熱心に話しこんでいた。トルヒーヨの話だ。もう一人のウェイターがそれが本当であることを証言するためにそこに呼ばれた。本当です《ベルダ》という声が聞こえた。ビーチコーマーがぽつんとつぶやいたことが、あっという間にレストラン中に知れわたっていた。

「こんなのってまずないんです」とボーダー氏は言って、そう言いながらお辞儀を繰り返した。

デュヴァルは彼のうしろにいた。

ボーダー氏はうしろを向いて「カストロはどこだ？」と耳ざわりな小さな声で言っ

た。

「気に入らんなあ」とビーチコーマーは話していた。「お前ならもっと上手くできるだろうが、え、ボーダー？」

「食事してます」とデュヴァルは言った。

「連れてこい」とボーダー氏は言った。「ほら、早く行け。ついでに新しいテーブル・クロスも持って来い。こいつは汚れてる。ああ、それからな――」とボーダー氏はなおも耳ざわりなシーシーといった声で言った。顔には微笑も浮かんでいたが、それはビーチコーマーに顔を半分向けているせいだった。「それからな、遅刻したことに俺が気づかなかったなんて思うなよ。あとで話があるからな。さ、行け」

「ボーダー――」というビーチコーマーの声が、ダイニング・ルームを出るときに聞こえた。

彼はキッチンを抜けてホテルのカフェテリアまで歩いた。ウェイターたちはここにもトルヒーヨ暗殺のニュースを伝えていて、廊下にはプエルト・リコ人たちがいくつかグループになって興奮して語りあっていた。年とった黒人がその間を縫うようにしてタイルのモップがけをしていた。

デュヴァルはふと考え込んでしまった。奥さんはそういうの気に入らんのじゃないいかね。彼は怒りをぐっと呑みこんだ。五分が過ぎた。カフェテリアに着いたときには十分が過ぎていた。彼は入口に立って、ああうるさい、嫌だ、と思った。がさがさとした物音、皿の触れあう音、人々の話し声。みんなトルヒーヨの話をしていた。このニュースが何度も何度も繰り返されることに、デュヴァルは既に苛立ちを感じていた。キューバ人が一人で坐って、フォークで食物を口に運んでいるのが見えた。

二十分。たいした時間じゃない。しかし十分な時間だった。そのささやかな遅延には拒否が含まれていた。ボーダー氏の怒るところを想像して、彼はひるんだ。もうレストランには戻れないな、と思った。ここでやっていくことはできない。終わってしまったのだ。始まったときと同じくらいあっけなく。

煮えきらぬままに、デュヴァルは彼なりの選択をしてしまったわけだ。彼はブレザーをハンガーにかけ、椰子の木があかあかと照らしだされたホテルの車寄せの道を歩きながら、自分がしでかしたことの重大さにやっと気づいた。そしてそうするうちにボーダー氏や、ビーチコーマーや、ウェイターたちや、そこにいたみんなが突然、ひどく小さく、子供同然にしぼんでしまったように感じられた。記憶というものを持たない子供同然に。

去るのは実に簡単なことだった。今では彼にもそのやり方がわかった。音もなく歩き去り、そのままずっと歩きつづければいいのだ。よく手入れされたホテルの庭の向こうに光が見えたが、それは月の光だった。月は木々の背後から奇妙な光を投げかけ、その緑色を暗く染めて、まるで煙でもたちのぼっているみたいに見せていた。

彼は家までの一マイルほどを歩くことにした。海岸通りを旧市街に向けて歩いていると、月が上り、月光は椰子の木をしっとりと湿らせた。風が洋上を渡り、波はばらばらにほどけた銀の積荷のように浜辺で砕けていた。

「異郷の人々」——訳者あとがき

最初にお断りしておきたいのだが本書のオリジナル・テキストである *"World's End and Other Stories"*（Washington Square Press）には全部で十五編の短編が収録されている。本書ではその中から九編を選んで訳出した。量的には約四分の一に相当する六編を外したのは、おそらくその方が日本の読者には受け入れられやすいだろうと僕が個人的に判断したからである。こういう短編集の訳出にあたっては全訳するべきかあるいは選択して訳すべきか迷うところだが、少なくともこの短編集に関してはこれくらい枝払いした方がすっきりしたのではないかと思う。

ここに収められた九つの物語は全て原則的に〈異国にいる人々〉の話である。彼らは様々な事情で母国を離れ、そのことによってひきおこされる様々なかたちのねじれ・歪みを体験することになる。唯一の例外は「文壇遊泳術」だが、一冊の本も書いていないのにすいすいと見ず知らずの文壇世界に入りこんで地歩を着々と固めていくマイケル・インソール君の姿もメタフォリカルな意味で〈異国にいる人々〉の一タイプとして捉えることが可能であろう。

ポール・セローはあるインタヴューの中でそういう観点からこの短編集の題は最初 *Overseas* か *Abroad* にするつもりだったんだ、と語っている。そうすることによって主人公たちの他者性（otherness）を明確にしたかったのだ、と。しかし、言うまでもないことだが結果的には『ワールズ・エンド（世界の果て）』というタイトルがシンボリックに十全に作者の意を伝えることになった。

お読みいただければわかるようにここに登場する人々がそれぞれの〈世界の果て〉で対面するねじれは、あるときには遠い雷鳴の如く宿命的であり、またあるときにはあきれるばかりの一瞬のファルスである。そして多くの場合、そのねじれの中に立って茫然としている彼らをそのままに残して話は終わる。何故ならそのねじれは外的なものであると同時に内的なものでもあるからだ。異国を触媒としてそこに噴出してきたものは彼ら自身の内なる otherness であったからだ。

この otherness の認識は本書だけではなく、セローの作品に一貫して流れるテーマ、モチーフと言ってもいいだろうと思う。実際の話、彼はアメリカ人でありながら、アメリカを舞台とした小説を殆んど書いていないのである。そういう意味ではセローは

writer in exile（異郷の作家）というアメリカ文学のひとつの系譜の流れを汲む作家として捉えていいかもしれないし、またコンラッド＝モーム＝グリーン世界の〈養子〉として捉えることも可能であるかもしれない。あるいはその中間あたりということになるのだろうか。『鉄道大バザール』（講談社）をお読みになればわかるように、異郷を見る彼の目はモームの如くクール（ペンギン・ブックスのコピー）でありながら、その底にはアメリカ人が外国を見るとき特有のあのわくわくとするような熱い好奇心が脈打っているのである。不思議といえばかなり不思議な位置にいる作家である。決して新しい文学フォームを志向してはいないのだが結果的には〈フォーム前衛〉よりはかえって鮮明に時代を切り裂くという部分があるし（その最良の例は『モスキート・コースト』であろう）、そういう点ではジョン・アーヴィングやレイモンド・カーヴァーの文学的孤立性と共通するところがあるかもしれない。僕は正直に言ってどうもその手の作家にひかれるようだ。

僕が考えるセローの短編の魅力は、その小説的状況を把握するグリップの強さであり、ツイストの巧みさであり、最後にふっと読者を放り出すときに感じさせるある種の無力感である。ここに収められた「ワールズ・エンド（世界の果て）」と「緑したたる島」というふたつの短編を読んでいただいただけでもこの作者の短編作家としての優れた資質は十分に感じとっていただけるのではないかと思う。細かい雨の降るロンドンの街からむせかえるような熱気に包まれたプエルト・リコの大通りまで、我々はひとつひとつその世界の空気の質を感じとり、その肉声を耳にすることができるような気がする。そしてそういう生き生きとした文章を訳していくことは僕自身も小説家であるという事実を別にしても、とても興味深く楽しい作業であった。

セローの小説は多かれ少なかれ我々に居心地の悪い思いをさせることになる。それはおそらく「何かが間違っているのだけれど、何が間違っているのかがつかめない」という居心地の悪さである。何故その間違いがつかめないかというと、それは彼らが〈異国〉にいるからである。人々はまだ〈異国〉のルールを十分に理解することができず、それで彼らは混乱し、怒り、怯えているわけだ。そして彼らの混乱や怒りや怯えはどこことなく clumsy で（みっともなくて）、そのみっともなさが我々にかなり居心地の悪い思いをさせるのである。その居心地の悪さはある場合には悲劇に終わるし、ある場合には喜劇に終わるし、ある場合にはその中間地点で終息する。悲劇的な例としては *Girls at play*（女たちの遊び）や *The Black House*（黒い家）や *The Mosquito Coast*（モスキート・コースト）があげられるだろうし、喜劇的な例としては無類に楽しい二冊の短編連作集 *The Consul's File*（領事日記）*The London Embassy*（ロンドン大使館）があげられるだろう。シリアスなコメディーとでも言うべき *Picture Palace*（写真の館）も優れた作品である。

それからもちろんセローの名を世に知らしめた『鉄道大バザール』とそれにつづく二冊の旅行記 *The Old Patagonian Express* と *The Kingdom by the Sea* を忘れるわけにはいかない。とくに『古きパタゴニアの急行列車』は『鉄道大バザール』に劣らない痛快無類な本である。セロー以降、何人かの作家が同種の旅行記を書いたが、その観察の鋭さと、文章の愉しさと辛辣さにおいてセローにははるかに及ばなかった。

ポール・セローは一九四一年にマサチューセッツ州メドフォードの「ロワー・ミドル・クラス」の家に生まれ、メイン大学、マサチューセッツ大学に通った。一九六三年に彼は良心的反戦主義者として平和部隊に入りアフリカに派遣され、マラウィとウガンダで英語の教師をするかたわら、アフリカについての記事をいくつかの新聞や雑誌に発表した。ケニアで知りあった英国人の女性と結婚し、三年間シンガポールで教師の職に就いた後、ロンドンに居を構え、現在に至る。夏はケープ・コッドの家で過す。

作品のリストをあげておく。

1 *Waldo*（1967） 長編
2 *Fong and the Indians*（1968） 長編
3 *Murder in Mount Holly*（1969） 長編
4 *Girls at Play*（1969） 長編
5 *Jungle Lovers*（1971） 長編
6 *Sinning with Annie, and other stories*（1972） 短編集
7 *Saint Jack*（1973） 短編集
8 *The Black House*（1974） 長編
9 *The Great Railway Bazaar: By Train through Asia*（1975） 旅行記
10 *The Family Arsenal*（1976） 長編
11 *The Consul's File*（1977） 短編連作
12 *Picture Palace*（1978） 長編
13 *A Christmas Card*（1978） 児童書
14 *The Old Patagonian Express: By Train through the Americas*（1979） 旅行記
15 *London Snow*（1980） 児童書

16　*World's End and Other Stories*（1980）　本書
17　*The Mosquito Coast*（1981）　長編
18　*The London Embassy*（1982）　短編連作
19　*The Kingdom by the Sea: A Journey around the Coast of Great Britain*（1983）　旅行記
20　*Half-Moon Street*（*Doctor Slaughter* を含む）（1985）　二編の中編小説
21　*Sunrise with Seamonsters : travels and discoveries 1964-1984*（1985）　エッセイ集
22　*O-Zone*（1986）　長編

多産な作家である。エッセイ集『海獣とともに朝を迎え』を読むとその仕事量の多さと多彩さに思わず仰天してしまう。その中で彼はジョン・マッケンローにインタヴューし、書評をし（彼は書評家として三百五十六冊の本を書評している）、揚子江をさかのぼり、ニューヨークの地下鉄を徹底取材し、インドネシアの文学を論じる。「僕は両手で書くことが好きだ」と彼は言う。長編小説に集中しているときでも取材の仕事が入ると現実の世界に触れたくてあとも先もなくとび出していってしまうし、結果的にはそれが小説に良い影響を及ぼすのだと彼は語っている。「集中力を維持するためにはある程度邪魔が入ることが必要なのだ。僕は毎日の仕事のはじめにまず手紙を書くし、長編にとりかかっているときだってちゃんと電話に出る」(『海獣とともに朝を迎え』序文)という具合である。

ちなみにWorld's Endという場所はロンドンに実在する。キングズ・ロードのいちばん先にあって、かつてはここがロンドン市のどんづまりであったということである。翻訳を手伝っていただいた柴田元幸氏によるとロンドンにはWorld's End行きと書かれたバスが走っているそうで、これはニュー・オリンズの欲望《ディザイア》行きと双璧をなすと言ってもいいだろう。

柴田さんには『熊を放つ』につづいて大変お世話になった。僕が訳したものを二人でチェックしつつ完成稿を仕上げるという手順を踏んだ。

一九八七年五月三十日

村上春樹

追加のあとがき

この『ワールズ・エンド（世界の果て）』の単行本（文藝春秋刊）が出版されたのは一九八七年、今からもう二十年も前のことであり、僕の翻訳者としてのキャリアの中でも、かなり初期のものということになる。そんなわけで今回、中央公論新社から「村上春樹 翻訳ライブラリー」の一冊として復刊、出版されるにあたって、翻訳の文章に手を入れることにした。二十年のあいだに僕自身の文体もけっこう変化しているし、翻訳というものに対する考え方も違ってきているので、「てこ入れ」をするにはちょうど良い頃合いではなかったかと思う。いずれにせよ、この懐かしい短篇集を久しぶりに読み返し、より納得のいく翻訳文に変更していくのは心愉しい作業だった。人生を訂正することはできないが、文章に関しては（ある程度）それができる。

この作品を最初に翻訳しているときにはまだ、セロー氏とのあいだには交友のようなものはなかったのだが、その後個人的に親しくなり、折りに触れて顔を合わせてあれこれ話をするようになった。翻訳に関しても、疑問に思う箇所があれば直接質問することができるようになった。現役の作家の書いたものを訳していると、こういうところはずいぶん便利だ。

この『ワールズ・エンド』はセロー氏にとっても、若き日に書き上げた思い出深い作品集である。この話はどんな風に出てきたんですか、というようなことを質問すると、「いや、これはねえ」と即座に答えが返ってくる。彼の話を総合すると、これらの物語の多くはもちろんフィクションではあるけれど、少なくとも部分的には著者本人が実際に体験したことに基づいているようだ。私的なことがからむので、ここではあまり多くは文章にできないのだが、たとえば「真っ白な嘘」という話もだいたい実際にあったことらしい。本当にこういうおっかない蝿がいるんだよ、アフリカには。ただし蝿に卵を産み付けられてひどい目にあったのは、他人ではなく僕自身だったけどね。いやいや、あれは大変な体験だったたな。ははは。

ワイングラスを傾けながら、次から次に出てくるそんな話を聞いていると、「はあ」とただ素直に感心してしまうことになる。とにかく興味深い話（おかしなエピソード、信じられない見聞、興味深い洞察）が尽きることなく次から次へと出てくる人で、そういうところは実に彼の書く本そのままである。僕は人生のこれまでの過程で「尋常ではない人」に何度か出会ってきたが、セロー氏も疑いの余地なくそのような人々の一人だ。

『ワールズ・エンド』は、むずかしい理屈や能書きをあれこれ並べたてるような種類の短篇集ではない。そこにあるおかしく、不思議な、そしてどことなくがらんとした世界の姿をそのままに味わっていただければ、それでいいのだと思う。二十年後に読み返してみても、古びたところはまるでなかった。最初に読んだときと同じように、そののびのびとした、そしてシニカルで闊達な語り口を楽しむことができた。読者の皆さんにも、そんなセロー氏の世界を楽しんでいただければと思う。

二〇〇七年九月

訳者

『ワールズ・エンド（世界の果て）』（一九八七年七月　文藝春秋刊）
ライブラリー版刊行にあたり訳文を部分的に改めました。（編集部）

装幀・カバー写真　和田　誠

村上春樹《むらかみはるき》 翻訳《ほんやく》ライブラリー

ワールズ・エンド（世界《せかい》の果《は》て）

2007年11月10日　初版発行
2020年3月31日　3版発行

訳　者　村上《むらかみ》　春樹《はるき》
著　者　ポール・セロー
発行者　松田　陽三
発行所　中央公論新社
〒100-8152 東京都千代田区大手町1-7-1
電話　販売部 03(5299)1730
　　　編集部 03(5299)1740
URL http://www.chuko.co.jp/

印　刷　三晃印刷　　　製　本　小泉製本

Published by CHUOKORON-SHINSHA, INC.
Printed in Japan　ISBN978-4-12-403506-3 C0097
定価はカバーに表示してあります。
落丁本・乱丁本はお手数ですが小社販売部宛お送り下さい。
送料小社負担にてお取り替えいたします。

村上春樹 翻訳ライブラリー　　既刊・収録予定作品

レイモンド・カーヴァー著
頼むから静かにしてくれ Ⅰ〔短篇集〕
頼むから静かにしてくれ Ⅱ〔短篇集〕
愛について語るときに我々の語ること〔短篇集〕
大聖堂〔短篇集〕
ファイアズ〔短篇・詩・エッセイ〕
水と水とが出会うところ〔詩集〕
ウルトラマリン〔詩集〕
象〔短篇集〕2008年1月刊行予定
滝への新しい小径〔詩集〕
英雄を謳うまい〔短篇・詩・エッセイ〕
必要になったら電話をかけて〔未発表短篇・インタビュー〕

スコット・フィッツジェラルド著
マイ・ロスト・シティー〔短篇集〕
グレート・ギャツビー〔長篇〕
ザ・スコット・フィッツジェラルド・ブック〔短篇とエッセイ〕
バビロンに帰る　ザ・スコット・フィッツジェラルド・ブック2〔短篇とエッセイ〕

ジョン・アーヴィング著　熊を放つ 上下〔長篇〕

マーク・ストランド著　犬の人生〔短篇集〕

C・D・B・ブライアン著　偉大なるデスリフ〔長篇〕

ポール・セロー著　ワールズ・エンド（世界の果て）〔短篇集〕

村上春樹編訳
月曜日は最悪だとみんなは言うけれど〔短篇とエッセイ〕
バースデイ・ストーリーズ〔アンソロジー〕

太字は既刊